中华魂

ZHONGHUA HUN

百部爱国故事丛书

抗美援朝　保家卫国

——志愿军的战斗故事

毛　焯　编著

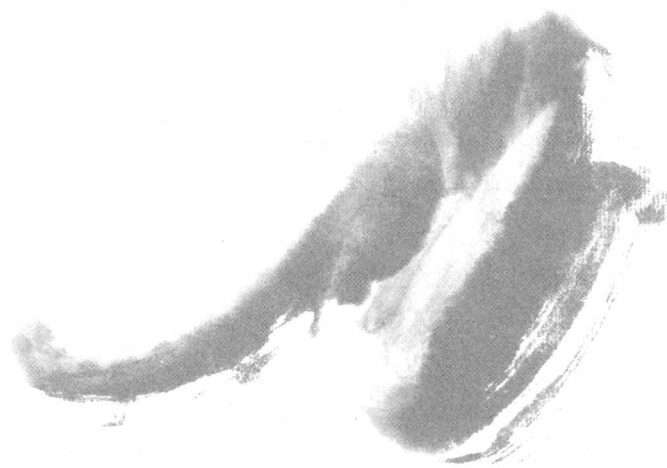

吉林人民出版社

图书在版编目（CIP）数据

抗美援朝 保家卫国：志愿军的战斗故事／毛焯编
著．--长春：吉林人民出版社，2011.3（2021.8 重印）
（中华魂·百部爱国故事丛书）
ISBN 978-7-206-07540-7

Ⅰ．①抗⋯ Ⅱ．①毛⋯ Ⅲ．①革命故事—中国—当代
Ⅳ．① I247.8

中国版本图书馆 CIP 数据核字 (2011) 第 032599 号

抗美援朝　保家卫国
——志愿军的战斗故事
KANGMEI YUANCHAO　BAOJIA WEIGUO
——ZHIYUANJUN DE ZHANDOU GUSHI

编　　著：毛　焯
责任编辑：韩春娇　　　　封面设计：孙浩瀚
制　　作：吉林人民出版社图文设计印务中心
吉林人民出版社出版 发行（长春市人民大街7548号　邮政编码：130022）
印　刷：北京一鑫印务有限责任公司
开　本：787mm×1092mm　　1/16
印　张：8　　　　字　数：64千字
标准书号：ISBN 978-7-206-07540-7
版　次：2011年3月第1版　　印　次：2021年8月第2次印刷
定　价：35.00 元

如发现印装质量问题，影响阅读，请与出版社联系调换。

总　序

　　《中华魂》是一套故事丛书。它汇集了我国自鸦片战争以来一百八十余年间的近百位民族英雄、仁人志士、革命领袖、先进模范人物的生动感人事迹，表现了他们作为中华儿女的伟大的爱国主义精神。

　　爱国主义是人们对于"生于斯、长于斯、衣食于斯"的祖国的一种神圣感情，是人们对于自己民族的一种强烈的责任感和使命感，是感召和激励整个中华民族的一面永不褪色的旗帜。在一百多年的中国近现代史上，爱国主义一直激励着中华儿女为祖国的独立、统一、进步和繁荣而英勇奋斗。从"苟利国家生死以，岂因祸福避趋之"的林则徐，到"我自横刀向天笑，去留肝胆两昆仑"的谭嗣同;从"铁肩担道义,妙手著文章"的李大钊,到"青春换得江山壮,碧血染将天地红"的赵一曼;从"县委书记的好榜样"的焦裕禄,到"问鼎长天,扬我国威"的邓稼先……都表现出了强烈的爱国主义精神。正是由于热爱祖国的人们前仆后继地奋斗,国家和民族才得以生存,才能够在一次次历史危急关头转危为安,走向兴盛和富强,从而屹立于世界民族之林。爱国主义是鼓舞中华儿女历经忧患、跨越沧桑、百折不挠、自强不息的伟大力量,它贯穿于中华民族的整个历史,并有力地凝聚着五洲四海的中国人。

爱国主义是一个历史的范畴,在社会发展的不同阶段、不同时期有不同的具体内容。革命时期,需要我们为祖国的独立自主出生入死;建设时期,需要我们为祖国的繁荣富强增砖添瓦。在全国各族人民团结一心,开启全面建设社会主义现代化国家新征程的今天,我们要争做一名新时期的爱国者。新时期的爱国者要有强烈的民族自尊心、自豪感。民族自尊心、自豪感是任何时期、任何爱国者都必须具备的情感。民族自尊心能增强我们自立向上的恒心,民族自豪感能树立我们建设祖国的信心。要树立"祖国高于一切"的崇高信念,为了祖国和人民的利益不惜抛却个人的利益,甚至不惜牺牲个人的生命。我们要树立终身学习的理念,拓宽自己的知识面,广泛吸收新知识、新技术,完善自身的知识结构,更新学习知识的方法与理念,从思想上、知识上充分武装自己,为祖国的繁荣昌盛贡献力量。

爱国主义思想的继承和发扬,是关系到民族盛衰、国家兴亡的根本问题。爱国主义思想情操的形成,需要不断地培养。培养爱国主义精神的一个重要途径是向英雄人物和典范事迹学习和致敬。这套丛书的出版,对于青少年向英雄和先进人物学习,特别是对于在中小学生中进行爱国主义教育是不可多得的生动的教材。祝愿此书出版发行成功,为培养时代新人作出贡献。

胡维革

编　委　会

策　划：　胡维革　吴铁光
　　　　　林　巍　冯子龙
主　编：　胡维革　邢万生
副主编：　贾淑文　杨九屹
编　委：　（按姓氏笔画为序）
　　　　　于二辉　刘士琳
　　　　　刘文辉　孙建军
　　　　　李艳萍　吴兰萍
　　　　　谷艳秋　隋　军

外国帝国主义欺负中国人民的时代，已由中华人民共和国的成立而永远宣告结束了。

——毛泽东

目　录

中华**魂** 百部爱国故事丛书
ZHONGHUA HUN

前　　言

　　时光如箭日月如梭，转眼那场惊心动魄的战争已经过去整整60个年头了，穿过慢慢淡去的战争硝烟，我们眼前仿佛仍能看到那一个个坚毅挺拔的不屈身影；耳边仍能听到那一声声响彻天地的铮铮誓言。

　　就在60年前，我们的前辈为保家卫国跨过鸭绿江，用他们的青春和热血写下了抗美援朝的一个个光辉篇章。而在60年后，为了纪念那段被前辈鲜血浸透的历史，我们用文字来回眸那日渐远逝的光荣。本书用生动翔实的笔墨，描绘出一幅抗美援朝战争的英雄谱，试图通过那些可歌可泣的英雄人物故事，为后人还原那段艰苦卓绝激烈万分的战争岁月。

抗美援朝烈士纪念馆

"抗美援朝"战争的背景

在新中国成立后，美国继续在军事上援助蒋介石，阻挠解放台湾，阴谋策划对中国内地的武装侵略，朝鲜南半部李承晚集团，制造朝鲜的分裂，阻挠朝鲜的独立统一，妄图把朝鲜作为对中国进行侵略的前沿基地，建立针对中国的包围圈。1950年6月25日，朝鲜内战爆发。美国随即采取了武装干涉政策。6月27日，美国总统杜鲁门声明，宣布出兵朝鲜，并命令美国海军第七舰队侵入台湾海峡。同日，联合国安理会在美、英等国的操纵下通过决议，联合国会员国要派兵随从美国军队入朝。6月28日，毛泽东发表讲话，号召"全国和全世界的人民团结起来，进行充分的准备，打败美帝国主义的任何挑衅。"同日，周恩来代表中国政府发表声明，强烈谴责美国侵略朝鲜、台湾及干涉亚洲事务的罪行，号召"全世界一切爱好和平正义和自由的人类，尤其是东方各被压迫民族和人民，一致奋起，制止美国帝国主义在东方的新侵略"。

1950年7月10日，中国人民反对美国侵略台湾朝鲜运动委员会在北京成立，并在14日发出《关于举行"反对美国侵略台湾朝鲜运动周"的通知》。抗美援朝

援朝烈士陵园

运动开始波及全国，形成第一个高潮。

1950年9月15日，以美国为首的"联合国军"7.5万人在朝鲜西海岸的仁川港登陆。此后，朝鲜人民军腹背受敌，损失严重，转入战略退却。10月1日，美国与联合国军及李承晚军越过三八线，随后侵占平壤，并继续向中朝边境的鸭绿江进犯。而从8月27日起，美国飞机多次侵入中国领空进行侦察和轰炸扫射。面对这种形势，中共中央根据朝鲜党和政府的请求，做出了抗美援朝、保家卫国的决策。就在1950年10月8日，毛泽东代表中央军委命令中国人民志愿军赴朝参战。10月19日，以彭德怀为司令员兼政治委员的中国人民志愿军开始分别从安东（今丹东）、长甸河口、辑安等渡过鸭绿江，进入朝鲜参战。

"抗美援朝"战争的大体过程

在 1950 年 10 月 25 日至 12 月 24 日期间，志愿军同朝鲜人民军一起，连续进行了两次战役，歼敌 5 万余人，于 12 月 6 日收复平壤，并把敌人赶回到三八线附近，初步扭转了朝鲜的战局。

1950 年 12 月 31 日至 1951 年 1 月 7 日，志愿军发动了第三次战役，歼敌 1.9 万多人。1 月 25 日至 4 月 21 日，志愿军又发动第四次战役，歼敌 7.8 万人。4 月 11 日，"联合国军总司令"麦克阿瑟被撤职，由侵朝美军第八军军长李奇微接任。4 月 22 日至 6 月 10 日，志愿军又取得第五次战役的胜利，共歼敌 8.2 万余人。

1951 年 7 月 10 日，联合国军方面和中朝方面在朝

1950 年 10 月 19 日，中国人民志愿军秘密跨过鸭绿江，赴朝参战。

北京市各界群众举行捐献武器大会

鲜开城首次举行谈判。美国在谈判桌上进行政治讹诈，要求将军事分界线划在中朝军队控制的三八线以北地区。以后朝鲜战场出现了谈谈打打的复杂局面。8月18日，美军集中8个师的兵力，发动了"夏季攻势"，接着又于9月29日发动了秋季攻势。与此同时，美国空军实行所谓"绞杀战"，对中朝人民军队后方和后方运输线实行大规模的日夜轮番狂轰滥炸，企图切断中朝人民军队前线粮食弹药的供给，迫使中朝方面接受其谈判条件。经过中朝人民军队的英勇战斗，到10月下旬便粉碎了敌人的攻势，共歼敌25万人。

1952年初，美国侵略军公然违背国际公约，在朝鲜北部和中国东北地区撒布大量带有鼠疫、霍乱、伤寒和其他传染病的动物和昆虫，企图以所谓的"细菌战"从根本上削弱中朝军民的战斗力。2月24日，抗美援朝总会主席郭沫若发表声明，号召全国人民动员起来，坚决声讨并制止美军撒布细菌罪行。3月8日，周恩来发表声明，抗议美国政府使用细菌武器和侵犯中国领空。为了战胜美国的细菌武器，中朝两国人民紧急动员起来，开展防疫卫生运动，采取种种措施，动员一切可能的人力、物力、药力扑灭带菌毒虫。美国的细菌战激起了全世界人民的极大公愤，使美国完全陷于世界人民的声讨、审判的被告地位。4月28日，"细菌将军"李奇微下台，由美军上将克拉克接任"联合国军总司令"。美国的"细菌战"遭到失败。

1952年6月23日，美国侵朝空军大规模轰炸了中国境内的鸭绿江水电厂。7月11日，美国空军对朝鲜和平城市平壤进行轰炸扫射。中国各地掀起了抗议声讨活动，揭露和抗议美国这一暴行。美国企图阻挠中朝战俘全部遣返，并对其俘获的中朝人员施行极其野蛮的摧残和迫害，引起了中朝人民的极大愤慨。1952年2月至10月，《人民日报》多次发表社论和声明，揭露和谴责美军迫害战俘的罪行。全国人民也积极掀起了抗议活动，要求全部释放战俘。

把慰问品送往前线慰问志愿军

为了挽回败局和迫使中朝方面接受美国的谈判条件，克拉克于1952年10月14日发动了上甘岭战役。美军先后投入6万多人的兵力，出动3000架飞机和170多辆坦克，动用18个炮兵营，进攻不到3.7平方公里的上甘岭阵地。在44天的激战中，美军向上甘岭发射了200万发炮弹和5000枚炸弹，发动了900多次冲锋。但是，志愿军战士，守住了阵地。此战役志愿军歼敌2.7万人。1953年5月中旬到6月中旬，中国人民志愿军配合停战谈判，先后发动两次进攻性作战，歼敌4万余人。7月13日，中朝人民军队发起金城战役，歼敌5万余人，收复土地178平方公里。

美国在形势更加不利的情况下，于1953年7月27

抗美援朝　保家卫国

——志愿军的战斗故事

日在板门店同中朝代表签订了《关于朝鲜军事停战的协定》。历时3年零32天的朝鲜战争结束。中朝联军共缴获"联合国军"飞机11架，坦克374辆，汽车9 239辆，装甲车146辆，船12艘，各种炮6 321门（其中榴弹炮、野炮、山炮、自动推进炮748门，高射炮191门，迫击炮1 146门，无坐力炮681门，火箭筒823门，其他各种炮2 732门），各种枪119 710支，（其中高射机枪411挺，轻重机枪10 016挺，冲锋枪、卡宾枪、自动步枪69 711支，步枪、短枪、信号枪、战防枪等39 572支），火焰喷射器17支，各种炮弹489 260发，各种枪弹21 245 071发，手榴弹224 123枚，地雷14 449个，各种通信器材5 788件（其中电台597部，电话总机单机2 355部，报话机、步行机2 330部，其他通信器材506件）。

新华社记者在朝鲜前线

中朝联军还击落、击伤"联合国军"各种战斗机、轰炸机、侦察机、运输机、炮兵校正机、宣传机、直升机等12 213架（其中击落5 729架、击伤 6 484架），击毁、击伤"联合国军"坦克 2 690辆（其中击毁1 849辆、击伤841辆），汽车4 111辆（其中击毁3 600辆，击伤511辆），装甲车45辆（其中击毁42辆，击伤3辆），起重机5辆（其中击毁4辆，击伤1辆），各种炮1 374门。

至此，中国人民抗美援朝运动也胜利结束。

那些在"抗美援朝"战争中
涌现出的英雄们

在这场伟大的斗争中，我军的指挥员、战斗员和工作人员高度地发挥了爱国主义、国际主义和革命英雄主义精神，3年来在历次战斗和各项工作中，都涌现了大批英雄、模范、功臣和许多集体立功单位。从1950年10月25日起到战争结束为止，全军就涌现了三等功以上的功臣30多万名，立集体三等功以上的单位更达到了6 100多个。其中包括217名特等功臣、154名一等功臣和16个立集体特等功的单位，并有282名功臣获得了英雄或模范的光荣称号。可以说，一部抗美援朝战争的英雄谱，就是一部中华民族不畏列强的英雄史诗，一座永远耸立在人民心中的不朽丰碑，现在就让我们一起，走进那些英雄的悠悠往事，去重温那些藏在金戈铁马中的感动。

"抗美援朝"战争英雄谱

特级英雄：

    杨根思　黄继光

一级英雄：

卜个德	于泮宫	于喜田	毛张苗	王兆才
王学凤	王 海	王德明	孔庆三	刘玉堤
刘庆亮	刘维汉	伍先华	孙占元	孙生禄
孙振禄	许家明	沈如根	吴志洲	余新发
李凤林	李延年	李家发	陈德忠	邱少云
杨连第	杨宝山	杨育才	杨春增	员宝山
周厚刚	张永富	张积德	吸修道	赵宝桐
倪祥明	柴云振	秦建彬	徐长富	高成山
高景灏	郭忠田	郭思志	曹玉海	曹玉功
黄家富	崔建国	雷宝森	谭炳云	魏长德

一级模范：

王兴记　罗盛教　张益仁　孙凤钜

特级英雄的故事

杨根思

杨根思，是中国人民志愿军第一位特等功臣和特级战斗英雄，中国人民志愿军第一位"朝鲜民主主义人民共和国英雄"。"特级英雄"称号——我军至今仅有杨根思和黄继光获得过这一级别的荣誉。2009年9月14日，他还被评为100位新中国成立以来感动中国人物之一。

杨根思1922年出生在江苏省泰兴县一个农民家庭

杨根思

里。很小的时候就在上海资本家的工厂做童工，失业回乡后又给地主家做"牛倌"。1944年他光荣地成为新四军的一名战士。由于表现突出，1945年11月，他光荣地加入了中国共产党。在每次作战的时候，他都非常机智勇敢，曾在围歼泰安守敌的战斗中，用18颗手榴弹夺取制高点；在鲁南郭里集战斗中，3次把拉雷投到敌地堡前；在齐村战斗中，他连续爆破守敌碉堡群；在淮海战役第三阶段，他奉命率一个加强排攻击夏砦国民党守军，机智的摧毁一组暗堡群，还俘虏了近一个排的敌人。

　　1950年10月，杨根思参加了中国人民志愿军赴朝作战。11月，在抗美援朝战争第二次战役分割围歼咸镜南道美军战斗中，时任志愿军某部连长的杨根思，奉命带一个排扼守下碣隅里外围1071.1高地东南小高岭，负责切断美军南逃退路。

　　这时已经28岁的杨根思是新四军的一名老战士，

烈士杨根思之墓

参加过淮海战役等大小数十次战役战斗，多次荣立战功，是著名的战斗模范和爆破英雄，9月份刚出席过第一次全国战斗英雄代表会议，受过毛泽东等中央领导的接见。可这样残酷的战斗，他也是头一次经历。杨根思清楚站着做人的价值和意义，也更知道这种价值对于刚刚才站起来的那些同胞们的意义。当然也就更明白自己脚下这个阵地对于眼前这帮美国鬼子的重要性。绝不能把这个重要性让给美国鬼子。除非他们踏着自己的尸体！对于杨根思来说，上了阵地就没有想过活着回去，现如今的中国人是站起来了的中国人，就算死也要站着死！

29日，号称"王牌"军的美军陆战第一师开始向小高岭进攻，猛烈的炮火将大部工事摧毁，他带领全排迅速抢修工事，做好战斗准备，待美军靠近到只有30米时，带领全排突然射击，迅猛打退了美军的第一次进攻。接着，美军组织两个连的兵力，在8辆坦克的掩护下再次发起进攻，他指挥战士奋勇冲入敌群，用刺刀、枪托、铁锹展开拼杀。激战中，又一批美军涌上山顶，他亲率第七班和第九班正面抗击，指挥第八班从山腰插向敌后，再次将美军击退。美军遂以空中和地面炮火对小高岭实施狂轰滥炸，随后发起集团冲锋。他率领全排顽强抗击，就这样凭着"人在阵地在"的英雄气概，接连击退美军8次进攻。

上午10时，美陆战第一师发起8次冲击后，全排只剩下两名伤员，所有的弹药全打光了。增援部队尚在途中，美国鬼子眼瞅着又要冲上来了。负了伤的共产党员杨根思平平静静地把最后一个炸药包放在自己跟前，又平平静静地对那两个伤员说："你们下去，把重机枪带下去，不能留给美国鬼子。""连长，你……"伤员们不想扔下自己的连长。"这是命令！"杨根思斩钉截铁。"是！"伤员哽咽着给杨根思行了个庄重的军礼，拖着重机枪爬下了阵地。当投完手榴弹，射出最后一颗子弹，陆战第一师40多个美国鬼子冲了上来。杨根思站起来一把拉着了导火索，导火索哧哧地冒着烟，杨根思大步向美国鬼子走去。美国兵根本没想到这人是来拼命的，都没开枪，一个人嘛，能怎么样。待到走到跟前了，才发现哧哧冒烟的导火索，哇的一声扭头想跑。可没想到一声巨响之后。敌人腐烂变泥土，勇士辉煌化金星！

战后，中国人民志愿军领导机关为杨根思追记特等功，并追授"特级英雄"称号，命名他生前所在连为"杨根思连"。朝鲜民主主义人民共和国最高人民会议常任委员会追授他"朝鲜民主主义人民共和国英雄"称号和金星奖章、一级国旗勋章。中国人民志愿军司令员彭德怀题词赞誉他是"中国人民的优秀儿子，国际主义的伟大战士，志愿军的模范指挥员"。

黄继光

在家乡当民兵时，黄继光就曾机智勇敢地抓获过一名逃亡地主，这事轰动了整个村子。而从参军的第一天起，黄继光就积极要求杀敌立功，他除了干好通讯员工作，还经常到班里向战士们学习手榴弹、手雷、自动步枪等武器的使用方法，多次受到连长表扬。由于工作出色，人又机灵，营长点名调黄继光到营部当通讯员。

1952年10月，在抗美援朝上甘岭战役中，黄继光所在的营与美军为首的"联合国军"激战了4昼夜之后，于19日夜奉命夺取上甘岭西侧597.9高地。就在部队接连攻占了3个阵地之后，却在零号阵地面前停

黄继光

抗美援朝　保家卫国

——志愿军的战斗故事

下了脚步，连续组织3次爆破均未奏效。时近拂晓，如不能迅速消灭敌中心火力点，夺取零号阵地，将贻误整个战机。关键时刻，时任某部六连通信员的黄继光挺身而出，请求担负爆破任务。他在决心书上写道："坚决完成上级交给的一切任务，争取立功当英雄，争取入党。"随后，黄继光被任命为第六班班长。他带领两名同乡的战士冲了上去。他们3个人交替掩护爆破，很快炸掉了3个小地堡。只剩下最后一个大地堡了，可这时，一名战士已经不幸牺牲，另外一名也身受重伤奄奄一息。透过敌人照明弹发出的光亮，连长看见只剩黄继光一个人带着伤缓慢地向前运动着，赶忙爬过来用机枪掩护黄继光。黄继光拖着受伤的腿，慢慢爬到地堡前，然后奋力投出一颗手雷。谁知这个大地堡实在是太坚固了，爆炸的手雷只炸塌了地堡的小小一角，敌人的机枪依然疯狂喷吐着火舌。

面对敌人的猛烈扫射，黄继光毫不畏惧，他忍着伤痛，迅速运动到敌人中心火力点附近，接连投下了几枚手雷，敌人的机枪顿时停止了射击。可就在我方部队趁势发起冲击的时候，残存在堡内的机枪又突然开始了新一轮的疯狂扫射，攻击部队再次受阻，很多战士倒在了进攻的路上。这时的黄继光多处负伤，弹药也全部用尽了。可他依旧没有放弃，顽强地向火力点爬去，在靠近地堡射孔的时候，继光突然奋力扑了上去，用自己的胸膛，死死地堵住了敌人正在喷射火舌的枪眼，壮烈捐躯。

在黄继光英雄壮举的激励下，部队迅速攻占零号阵地，全歼守敌两个营。

战友们冲上"零号"阵地时发现，黄继光敦实的身躯仍然压在敌人的射击孔上，手牢牢地抓着周围的麻袋，宽阔的胸膛紧紧地堵着敌人的枪口……大家看到，黄继光的腿已被打断，身上有7处重伤，他的身后有一道长长的血印。牺牲后的黄继光全身的伤口都没有流血，地堡前也没有血——血都在路上流光了！真是难以想象，在最后时刻，他是以何等坚强的毅力，拖着重伤的身躯，爬到敌人的地堡前，又一跃而起的。

　　令人遗憾的是，由于黄继光从小家境贫寒，从来没有去照过一次相。牺牲后虽有人拍照过遗体，形象却十分惨烈且面容难辨。在宣传他的英雄事迹的时候，竟然找不到一张可用的照片，只好用一幅舍身堵枪眼的素描画来代替。

　　战后，当时的目击黄继光英勇事迹的战士大都已经在后来的战斗中牺牲，只有一三五团六连连长万福来重伤后活了下来。他在医院听到报上说黄继光被追授为"二级英雄"之后，多次上书陈情，讲述黄继光的英雄事迹。随后，志愿军总部撤销了黄继光"二级英雄"，部队党委追认他为中国共产党党员，追授"模范团员"称号。中国人民志愿军领导机关给他追记特等功，并追授"特级英雄"称号。朝鲜民主主义人民共和国最高人民会议常任委员会追授他"朝鲜民主主义人民共和国英雄"称号和金星奖章、一级国旗勋章。

　　1953年4月，黄继光的母亲邓芳芝作为代表出席了全国妇女大会。毛泽东还请邓芳芝到中南海自己家中做客，表示了对英雄的敬意。

部分一级英雄的故事

于泮宫

于泮宫，山东省平度县人，1927年1月生于一个农民家庭，幼年在家中务农、喂牛。1947年1月参加了人民解放军。从此，他开始为解放全中国贡献自己的力量。

孟良崮战役的前一天，他所在的胶东军区西海军分区独立三团由地方部队上升为华东野战军主力一纵一师三团。孟良崮战役中，于泮宫所在的三团一营三连奉命坚守覆浮山、蛤蟆崮阵地。他们接连打退了敌整编二十五师的数十次进攻，粉碎了该师增援孟良崮的企图，为孟良崮战役的胜利起到了重要的作用。这也是于泮宫参军后经历的第一次大的战斗。

孟良崮战役以后，遵照中央军委的指示，华东野战军兵分三路作战，于泮宫所在的一纵与四纵由叶飞、陶勇率领出击鲁南。三团拨给四纵指挥，担任调动敌人、掩护主力突围的任务，转战于敌军腹地，与敌周旋，大家每天要走一百多里路。于泮宫小的时候左脚关节就有毛病，走起路来很困难，但他却从来没有掉

过队。由于当时部队的民工很少，一些伤员担架需要人抬。一次，上级动员战士们去抬担架，于泮宫见大家都很疲劳，便主动承担任务，这么一来一回，他又多走了一百多里路。

1947年10月13日，四纵十师接到命令要攻取诸城，一纵一师三团配合作战，担任攻击北门直取敌县政府的任务。这是三团第一次进行攻坚战斗，经验缺乏。但是，诸城敌人的工事却相当坚固，最外面是鹿寨，之后是旧木桩连接的铁丝网，铁丝网后面还设有碉堡。当团里决定由于泮宫所在三连担任主攻后，他便主动要求参加爆破任务。15日战斗打响，于泮宫第一个冲出战壕，他不顾敌人的火力封锁，抱起炸药包就冲向敌人的鹿寨，将鹿寨和铁丝网炸开一个大缺口。接着，后续部队又将碉堡和城门炸开，其他部队迅速投入纵深战斗。战斗结束后，团部授予三连"誓把敌人碉堡炸成灰"锦旗一面，于泮宫荣记二等功。不久后，他光荣加入中国共产党。

紧接着，部队转战到豫东。一次，三连一排在一个村庄里休整，突然周围出现大批敌军，一排官兵迅速拉开阵势坚守阵地，与敌展开激烈战斗。于泮宫时任一班班长，面对数倍的敌人，他指挥一班战士沉着应战，打退敌人多次进攻。由于他战斗勇敢，表现出色，不怕牺牲，在濮阳部队"三整三查"的活动中，被华东野战军政治部授予"华东三级人民英雄"称号。

而在淮海战役中，于泮宫的手臂挂了花，被安排在后方休养。他看到一些重伤员的生活不能自理，便主动去帮助他们，有时还背着他们上厕所。由于于泮宫不怕脏、不怕累，乐于助人，在他归队时，医院又为他记四等功一次。

1949年4月23日，于泮宫所在的二十军胜利渡过长江，沿宁沪铁路向东挺进。4月26日，部队行至胡桥时，发现前面有大量敌军，于泮宫带领的一班是全团的最前沿，战斗一打响，他们便迅速冲向敌军，捉了60多个俘虏，缴获了30多支小马枪。在第二个村子里，又捉了20多个敌人。由于俘虏太多，于泮宫让副班长马鸣九带一个小组押解俘虏，自己则带领4名战士继续战斗。当他们冲入第三个村子时，有四五十个敌人躲在一个院子里拒不投降。于泮宫不顾敌人兵力众多，沉着应战。乘敌人不备的时候，于泮宫一个猛冲，接近了敌人。敌人顿时慌了神，纷纷举起了双手。在这次胡桥战斗中，于泮宫带领一个班就消灭了一百多名敌人。

胡桥战斗之后，二十军向上海挺进。5月，团里奉命攻打上海洋泾，三连一排为突击排。他们面对的是敌人最前沿的一个水泥子母堡。母堡内驻有一个加强排，周围有四个子堡保护，碉堡周围还设有鹿砦、壕沟。由于敌人火力过于猛烈，一排伤亡十多位战士都未能将母堡攻下。眼看着战士们一个个倒下，于泮宫焦急万分，奋不顾身地向敌母堡冲去。当他冲到母堡跟前时才发现自己手中仅有一支冲锋枪。于是，他急忙招呼副班长马鸣九用炸药。当马鸣九利用烟幕作掩护，艰难地冲到敌堡边，将碉堡炸开了一个缺口，于泮宫迅速冲进缺口将枪口指向了堡内，四十余人全成了俘虏。一排摧毁敌一号地堡之后，二排、三排乘机向纵深及两翼扩张。于泮宫因在战斗中表现突出，荣记一等功。

上海解放后，军内各级展开评功活动。7月1日，团里召开"庆功祝模大会"，于泮宫所在的一班被二十军政治部命名为"于泮宫大功班"。

朝鲜战争爆发后，于泮宫随军出发，参加了著名的抗美援朝战争。

1951年5月28日，敌人以两个营的兵力向志愿军阵地发起了猛烈进攻。一排坚守的313高地在整个防御阵地中处于比较重要的位置。时任一排排长的于泮宫决心在313高地打一个漂亮的阻击战。

拂晓，敌人以一个排的兵力向高地冲来。待敌人离我军阵地不到30米时，于泮宫大吼一声："打"阵地上各式枪支同时开火，子弹如雨点般射向敌人。不久，阵地前横躺了敌人的第一批尸体，残敌狼狈地抱头鼠窜。

在打退了敌人第二次进攻之后，于泮宫命令战斗组长潘景文带着新战士姜应义主动出击，奇袭敌人。这次出其不意的出击吓得敌人半天不敢前进一步。利用战斗间隙，于泮宫还召开了党员会议，要求大家学习杨根思的精神，人在阵地在。

入夜，于泮宫让战士们轮流休息，自己却时刻注视着山下的敌人。期间还多次派战斗小组夜袭敌军，扰得敌人整夜不得安宁。

29日晨，敌人再次猛烈地炮击313高地，一排失掉了同连部及友军的一切联系，于泮宫的腿部也被敌人的流弹击伤，但他依然坚守着阵地，英勇战斗。

上午8时许，敌人开始了第9次进攻，一排官兵拼死守卫着每一寸土地，敌人的进攻屡屡受阻。不久，恼羞成怒的敌人索性停止了进攻，只用飞机、大炮向313高地狂轰滥炸，企图炸垮这排用血肉铸成的钢铁长城，但一排战士愣是在于泮宫的带领下，又顽强地坚持了3个多小时。

此时，一排已经伤亡过半，阵地周围均已被敌人占领，313高地也失去了它原有的作用。于泮宫临危立断，决心带领大家突出重围。15个勇士在他带领下，杀开了一条血路。

于泮宫带领31名战士在华川313高地阻击敌人30多个小时，毙伤敌军150余人，打退敌人13次进攻的英勇事迹，在中国人民志愿军的战斗史上写下了光辉的一页。于泮宫也因此再次被记一等功，并在1951年12月召开的二十军英模大会上，光荣地被评为志愿军一级英雄。他带领的一排，被命名为"特等功臣排"。军首长号召全军官兵学习他"服从组织、关心同志、敢于斗争、高度负责"的优良品质。

1951年9月下旬，志愿军政治部组织英模代表回国参加国庆观礼，于泮宫有幸成为其中的一员。在中南海，他受到了毛泽东主席的亲切接见。10月1日那天，他和志愿军其他英模一起，在天安门观礼台观看了阅兵式、群众游行和烟火晚会。不久，于泮宫参加了志愿军英模报告团西北分团，赴西北地区作英模事迹报告。1952年2月，他回到朝鲜战场继续参战。

1975年，于泮宫随解放军某部移驻许昌，历任团长、副师长。1979年，在参加了对越自卫反击战之后，调任许昌军分区副司令员，1983年离休。

离休以后，于泮宫始终保持艰苦朴素的优良传统，积极为许昌"两个文明"建设发挥余热。当全党开展学习"三个代表"重要思想活动后，他又满怀共产党

被志愿军俘虏的英军重坦克营官兵

员对党、对人民、对无产阶级革命事业的无限忠诚，刻苦学习，认真实践。

新时期，人民功臣于泮宫的英雄事迹和高尚情操，受到人们的敬仰和学习。

于喜田

1951年4月22日，志愿军为粉碎敌人的登陆计划，夺取战场主动权，歼灭敌人有生力量，发起了第五次战役。战役第一阶段志愿军在西线实施主要突击，迫使敌人撤至汉城、北汉江及昭阳江以南地区。5月中旬，战役进入第二阶段。经过周密部署，志愿军于16日向敌人发起猛烈进攻。第二十七军八十一师二四二团八连，奉命攻打鸡鸣山。

连长于喜田接受任务后，派人对鸡鸣山地区进行了侦察。侦察结果是，鸡鸣山由3个山峰组成，地势险要，易守难攻。根据侦察结果，经过支委会研究做出了战斗部署：决定集中兵力，各个击破。

这天夜里，全连战士在连长于喜田带领下冒着连绵细雨，向鸡鸣山进发。道路崎岖，山高坡陡，经过奋力攀登，终于登上了第一个山头。山上的守敌还没弄清怎么回事，就被消灭了。于喜田没等敌人喘息，又带领三排攻下了第二个山头。战场情况，瞬息万变。当于喜田站在山头上，不觉大吃一惊。借着远处的照明弹的余光，前面还有数不清的山头。于喜田正在疑惑，副连长黄红德赶过来说："刚才侦察兵报告，前面还有许多座山头，离鸡鸣山主峰还很远。"于喜田沉思片刻，当即做出决定，调整作战方案，遇上敌人就打，遇上山头就攻，直到拿下鸡鸣山主峰。于喜田带领八连，一路奋战，拂晓时，终于攻到了鸡鸣山主峰前。他当机立断，兵分两路，从两个侧面向主峰猛攻。于喜田奋勇当先，率领战士们一路势如破竹，如入无人之地，在天亮时，攻上了主峰。

敌人不甘心失败，在猛烈炮火的掩护下，连续实施反击。战斗进行了一整天。傍晚，敌人停止进攻，纷纷撤退。

在攻打鸡鸣山的战斗中，于喜田带领八连连续攻下 11 个山头，击溃了敌人一个营，夺取了鸡鸣山。战后，志愿军领导机关通令嘉奖了八连，于喜田荣立特等功，获一级战斗英雄称号。

毛张苗

毛张苗是志愿军在第五次战役中涌现的著名英雄，当时他任六十师一七八团第五连连长。

战役发起时，一七八团二营奉命从昭阳江北岸出发，从万山丛中的敌军阵地中穿插过去，夺取远在 30 公里外的五马寺。这是一次特别艰难特别危险的穿插奔袭战。这个艰险的穿插奔袭战，战役指挥员竟要求在一个夜晚完成，同左邻右舍多路部队取齐。

穿插战开始时，第五连是营的预备队。营长对毛张苗提的要求只有5个字"跟着走就是"。可毛张苗没执着在这5个字上，他让自己的连队和尖刀连一样编组，并命令第三排为尖刀排，七班是刀尖子，自己领着六十班，位置在尖刀排尾后，尖刀排的一切行动都听他的。他还对营长规定的穿插路线仔细地作了研究，绘制出一张自己的行军图。毛张苗把穿插路上的村庄、高地、河谷、岔道一一标记清楚，给每个排长一份，准备随时由预备队变换成尖刀连。

晚上7点，全营部队开始穿插，营属尖刀连六连首战阴阳里，将拦阻前进的李承晚部队一举击溃后，便脚跟脚地开始猛追。但是，只跟踪追了一段，营长便发觉六连偏离了预定的路线，竟然在黑雾迷漫、沟壑纵横的山地中，犯下了迷失方向的错误。急得冒火的营长立即命令四连取代六连担当开路先锋，以保万无一失地追击敌人。

四连在前进中，遇到一处正在构筑抵抗工事的敌人。不容分说，尖刀排冲上去就是一顿狠揍，将敌人打垮。可谁知四连在尾追逃敌时，又重犯了第六连的错误。全怪这大山间地形复杂，岔路特多，难免跑着跑着就晕头转向。

急得满头大汗的营长，来不及骂人发火，当机立断，便把尖刀连的任务交给了五连。

毛张苗受领任务时，已是深夜10点，离战役指挥员规定夺取五马寺的时间，只剩5个来小时，可五马寺还在20公里之外。穿插线上都是高山野岭，地形复杂，而且到处都有敌军……在重重困难面前，毛张苗把身子靠在路边一块石头上，歪起脑袋沉思默想了一会，便对尖刀排发出头一道命令："前面碰上敌人，打垮了，就成，莫傻追！我只要路，不要人！"停了停，又补上一句："前进中，只要敌人没发现我们，就绝不先开火，能绕开就绕开，能赶跑就赶跑，绝不要为抓几个俘虏而丢失了时间。千万记住，只有按时抢占了五马寺，才是胜利！"

尖刀排的战士心里顿时明白过来，毛连长已经从前两次的失误中得出了自己的教训。

全排人的脚底板格外来劲，向墨黑地山峰中飞身疾进，要把失去的时间追回来。

尖刀排在721高地上迎面碰上了一股敌人，战士们低声猛喝着："上！"一口气将敌人冲散。毛张苗火速收拢队伍，继续追赶。

下半夜，全连进到亭子里（朝鲜地名），遭到敌人有组织的抵抗。毛张苗估量敌人黑夜间摸不清自己的底细，便撒开队伍，从四面八方对敌人来个猛打。这仗只打了10分钟，敌人丢下30多具尸体，抛下3门迫击炮，顾头不顾屁股地往大山里跑。

毛张苗赶紧把队伍吆喝回来，奔五马寺方向赶路。

有意思的是，他的队伍实在是前进得太快，竟跑到了一小股溃散的敌军前面。敌人误把五连当作了自己人，稀里糊涂地跟在五连后面跑，最后被炊事班收拾得一干二净。

队伍越过亭子里约莫五华里远的地方，进到了一个有5条山路的岔路口上。毛张苗一看，四面都是海拔八九百米的山头，山上尽是黑乎乎的松林，找不见一条他要的正道。他让队伍暂停下来，让指导员和排长们同他一起对照追击路线图，琢磨着行军的方向。

他们用指南针来判定方位，循着一条弯弯曲曲的小路，朝东南方向迂回穿插摸索前进。

队伍正摸索前进间，忽然听到前面村子里人声嘈杂，好像是敌人在集合队伍。毛张苗决定悄悄避开这股敌人。他布置好警戒之后，便带领队伍肃静无哗地绕过了村庄。顺顺当当地一口气前进了20华里。

拂晓时，一连人穿插到了一个叫"直洞"的高地，敌人据守在高地的工事里面。毛张苗眼看时间已经不多，必须火速解决战斗。便命令六十炮班用火力掩护尖刀班，从敌人侧背去攻击，自己带领两个班从正面上。

部队攻得太猛太快，敌人还没从睡梦中醒过来，尖刀班便扑进了工事，敌人撇下工事，沿着大路朝东南方向逃跑。

毛张苗眼见敌人逃跑的方向同自己要夺取的目标竟是一致的，便让尖刀排紧跟在敌人后面狠追，让敌人来给自己带路，借此迷惑两侧山头上的敌人，掩护自己的追击。

这样，他又毫无阻挡地追出了5华里路程。

天色大明时，毛张苗指挥第五连，飞兵天降似的追到了五马寺。

五马寺是汉城东面的一处要隘，是敌人汉江防线上的一处要点。昨天晚上，李承晚的军团司令刘载兴为了确保这个要隘，把他的预备队第三团派到亭子里、直洞一线赶修工事，加强防御力量，防止我军来攻五马寺。刘载兴觉得自己这个布置已经十分稳妥，便在司令部里安安心心睡大觉。可他没想到，他的第三团会在亭子里、直洞一带溃败得那么快，那么惨，更没想到志愿军的一个连竟敢来夺他的五马寺！当他把这些都确实弄清后，留给他的便只有仓皇撤退这一条路了。

就在刘载兴命令部队匆忙撤退时，连长毛张苗指挥尖刀排，冲到了公路转弯处，将率先逃跑的一个车队截住，缴获大汽车61辆，外加榴弹炮3门，从俘虏堆中还查出3名美军顾问。

毛张苗在抗美援朝期间立一等功两次，并获一级战斗英雄称号。

王兆才

王兆才，1947年参加中国人民解放军，同年加入中国共产党，曾任华东野战军班长，参加过鲁南、孟良崮、豫东、淮海、渡江等战役，1950年参加抗美援朝，任中国人民志愿军排长。

1950年底，七十七师奉命赴朝作战。1951年秋，五次战役进入对峙阶段时，美军为挽回败局，发起秋季攻势。"鸡雄山"是敌人攻击的重要目标之一。当时执行鸡雄山阻击任务的就是王兆才所在的二三零团二连一排。王兆才当时任该排副排长。由于鸡雄山地势险要，是阻止美军向北进攻的一个"钉子"，敌人把"鸡雄山"视为"眼中钉""肉中刺"。为此，美军组织了一个加强营的兵力，在飞机、大炮、坦克的掩护下，多次向一排阵地进攻。经过三天三夜的顽强抵抗，一排连续打退了敌人十多次进攻，毙敌一百余人。由于

受到美军飞机多批次轮番轰炸和坦克、大炮猛烈轰击，一排战壕、掩蔽部、地堡全被摧毁了，加之交通道路被敌封锁，阵地一度处于弹尽粮绝的险境。一排伤亡十分惨重，排长牺牲，最后只剩下了王兆才一个人。

面对大于一排5倍以上的敌人和战友们严重伤亡的困境，王兆才没有丝毫动摇，他决心同敌人决战到底，与阵地共存亡。夜间，他利用敌人照明弹的光线，从敌人尸体堆里搜集枪支弹药，做好继续同敌人搏斗的准备。他把"鸡雄山"阵地设置成东、中、西3个固守点，分别把搜集来的轻机枪、冲锋枪以及子弹手榴弹放在3个点上。敌人向阵地东边攻击，他就跑到敌人东边阻击；敌人向阵地中间突击，他就跑到中间还击；敌人向阵地西边冲击，他就跑到西边抗击。他的"游击"战术，搞得美国兵晕头转向，弄不清鸡雄山上究竟还有多少志愿军。就这样，他巧妙地利用敌人的机枪手榴弹，狠狠地打击敌人，孤身一人固守了阵地两天一夜。

但美军很快就调整了兵力，重新研究对策。于是，硝烟弥漫的鸡雄山，突然出现了"平静"。王兆才知道，暂时的平静预示着更大战斗的到来。他一方面抓紧时间修复工事，另一方面聚精会神地注视阵地前敌人的一举一动。可是，正当他全神贯注观察正面敌人的行动时，突然从他身后冒出6个大个子美国兵，距他只有四五米远，端着卡宾枪，对准他大声叫喊，叫他缴枪投降。王兆才见此情景，端起冲锋枪，"突突突"向敌人扫射过去，打得美国鬼子措手不及，一下被撂倒4个，剩下两个狼狈逃窜。

敌人企图活捉王兆才的诡计被破灭了，又丧心病狂地向鸡雄山发起新一轮疯狂进攻。正当王兆才面临危险之际，二连的第二梯队上来了。这时王兆才已连续战斗五天五夜，身体很难支撑下去了，但他仍不顾个人安危，谢绝领导多次要他下阵地的劝说，坚持和第二梯队的战友一起继续战斗，直到彻底打退敌人，使鸡雄山牢牢地掌握在二连手中。

1952年底，七十七师回国后，王兆才被提升为二连连长。因他作战勇敢，战绩突出，经中央军委批准，授予他一级战斗英雄称号，二连也被授予"鸡雄山阻击战斗英雄连"。

王 海

王海，汉族，山东威海人，原名王永昌。1950年5月于东北老航校毕业后，成为共和国空军的一名歼击机飞行员。在革命军事博物馆的南广场，至今还陈列着一架绘有9颗红星的米格-15比斯歼击机，就是王海当年驾驶过的功勋飞机。

"啪！啪！啪！"机场上空升起3颗绿色的信号弹，随即12架战鹰有秩序地腾空而起，疾风似的向着平壤上空飞去。

天空，像一片蓝色的海洋，无边无涯，一眼望去，能看得很远很远。王海睁大眼睛，从远方的地平线上开始，由远而近，从左至右细细地搜索，可是没有发现一点可疑的迹象。就在这时，飞行帽里的耳机响着僚机焦景文的声音："102，102，左前方发现小狼！我是103。"这兴奋的声音，听起来特别清亮顺耳。

"103，我明白，明白！"王海在送话器里回答。可不是吗？敌机正向西北迎头飞来。

"轰炸机，来得正好！这种型号的飞机，大家都还没有打过，让我们来开第一炮！"

"还想溜，你是跑不掉的！"王海是个急性子，恨不得一下子追上去，把它打下来。

"开始进攻！"王海发出第一道命令。

一刹那，红色的曳光弹直向敌机的机尾追去……

情况紧急，现在一分钟、一秒钟都是最珍贵的，在这短促的时刻里王海的脑筋急速地转起来。他大胆地决定，飞越海面直插清川江口，从这条最近的航线，直奔战区，出其不意地拦击敌人机群。他利用加速前的一刹那，向飞行员们嘱咐几句："一起飞，跟上我，不要掉队。"

"攻击！就在一号战区上空，一层层往下打！"这是王海在12月3日下午时零5分，向大队里的飞行员发出的第二道命令。

这时，战区上空，敌机从南到北，有上有下，两个一对，四个一簇，黑压压地拉着网似的拥过来了。听到王海命令的12个战鹰，立刻向敌人的机群冲去，一场惊心动魄的空战开始了。

"注意，左前方距离20公里有小狼！"地面指挥员向他们提示。虽然相隔有上百公里在此时在王海眼里看来，地面指挥员就像在他面前一样，他们每一个指示，都犹如远航中的灯塔、进行中的路标。

果然，清川江南有4架敌机在他们突然攻击下快

速成逃跑，王海整
理好队形，暗暗地
说："你们走吧！我
不来拣这个便宜，
不上你的钩，等你
主力过来，揪住你
主力打！"果然，这
4架敌机刚刚逃去，
紧接着一群敌机就
黑压压地拥上来了。
他们哪里知道王海
指挥的机群还占着
高度优势，更没想

在修理山阻击战中，志愿军战
士用石头打击敌人。

到王海已经打掉他们的"鱼饵"，又严密地集合在有利
的攻击位置上，而他们已经完全暴露在我们的战鹰面
前。

顷刻间，12架战鹰冲垮了敌人，敌机阵抛被冲得
四分五裂，有的被打得拼命往下滑，有的向南朝鲜的
老窝猛飞，还有的悄悄地向着海上溜，20架敌机被打
得像无头的苍蝇，挣扎着到处乱窜。

在抗美援朝战争中，他率领年轻的空军"王海大
队"与号称世界王牌的美国空军激战80余次，击落、

击伤美机29架，荣立集体一等功；他本人落敌机4架、击伤5架，先后荣立二等功、一等功、特等功，被授予"一级战斗英雄"称号，并获朝鲜民主主义人民共和国二级国旗勋章，二级自由独立勋章；所在大队被誉为"英雄的王海大队"。

孔庆三

在抗美援朝战争中，孔庆三参加了第二次战役，执行朝鲜战场东线的阻击任务。当时，正值美军发动所谓"结束朝鲜战争总攻势"的时候，情况非常紧急。他随部队跨过鸭绿江以后，连夜疾进，跋山涉水，爬冰卧雪，忍饥耐寒，整整8天，赶到了东线的天宜水里。这里距美军占领的新兴里只有二三十里路，从隆隆的炮声中，可以断定美军正在发动进攻。九十二炮连在此待命已经两天了，还在焦急地等待着，人人是摩拳擦掌，准备出击。

这一天终于到来了。11月27日，志愿军第九兵团要在朝鲜咸镜南道长津郡新兴里发起围歼侵朝美军的战斗。孔庆三率第五班配属给主攻部队尖刀步兵第八连，执行掩护突击部队前进的任务。下午5点钟，孔庆三带领全班战士出发了。他们顺着山沟往前跑，估计跑了20公里路，到达于谷里，翻过山，隔河就是新兴里。他们爬到山顶看见沟里已燃起熊熊大火，听见手榴弹与炸药的爆炸声。第八连突击排已经在打响了。前方的战斗越来越激烈，自动枪声、机枪声、手榴弹声，响成一片。

战斗打得正烈。美军一个火力点喷着火舌，八连突击队受阻，与美军形成对峙状态。八连连长指着美军的火力点对孔庆三说："五班长，你看前边，山岭岗前面20多米远，有一个独立房屋，房子已经被我们的手榴弹打得七孔八洞了，但敌人的火力是从屋底下向外发射的，很显然，他们的工事是做在坑下边。我们发起几次冲击都冲不过去，派去爆破的人一到岭岗就……"八连长停了片刻又说："同志们左右都绕不过去。这一仗打不好，就看我们能不能消灭这个火力点了。"

孔庆三已经明白了八连长的意思。他坚定而又信心十足地表示："连长，我们一定摧毁它。"由于有小岗遮挡，炮无法直射。孔庆三果断地将炮弹杀伤半径为25米的步炮推到距射击目标只有20米的小岗，并立即在冰上构筑炮工事。可岭上全是冰土，又光又硬，一砸一个白点，无法构筑阵地。怎么办？他发现左边有个小土包，过去一看，是块冻石头，冻得满结实。他让战士把炮推过来，驾在上面，准备发射。可炮的右支架悬空，无法发射。这时，从沟里逃跑的美军正向新兴里奔逃，如果让美军在新兴里汇合，后果十分严重。情况万分紧急。孔庆三奋不顾身，毅然用肩膀顶住炮的右支架，坚决命令战士开炮。战士看看班长吃力的肩膀，不忍拉火。孔庆三连声喊："拉火，快拉火啊！"

"轰！"一颗炮弹出了膛。随着爆炸的火光，独立房屋倒塌了，美军火力点被摧毁了，40余名美军被歼灭了，突击队前进的道路打通了。可孔庆三由于受到步炮后坐力强大的撞击，腹部被一块弹片击中，壮烈牺牲了。

为了表彰孔庆三的英雄事迹，1952年9月14日，中国人民志愿军领导机关为他追记特等功，追授"中国人民志愿军一级战斗英雄"称号，并把他的名字镌刻在朝鲜长津湖畔"志愿军烈士纪念塔"上，让英雄的名字永载史册，千秋万代活在人们的心里。

刘玉堤

1923年农历九月十七日，刘玉堤出生于河北沧县。1938年，年仅15岁的刘玉堤参加八路军，第二年成为一名中国共产党党员。

1941年1月，以培养航空机械工程人才为目标的延安工程学校成立，刘玉堤以其良好的自身条件被选中成为该校学员。

1951年10月23日，是一个注定要谱写空战神话的日子。那天中午，美国出动飞机36批，共116架，活动于朝鲜平壤以北上空，企图袭击清川江一带的地面目标。该空军三师24架米格战斗机，从8 000米高空作了180度的下滑转弯，向美机活动的空域扑去。当刘玉堤以闪电般的速度接近敌机时，狡猾的8架敌F-84飞机正下滑高度，企图向海面上逃窜。因为飞行员没有在海上飞行的经验，天和海都是蓝的，很容易造成错觉。但刘玉堤不慌不忙，紧紧咬住最后两架美机，一直追到海面上空。刘玉堤看了一眼在自己身后作掩护的僚机，一个俯冲直追下去。眼看就要逼近海面了，美长机慌忙拉起，想转弯脱逃，可为时已晚，刘玉堤紧咬其后，在440米处以猛烈的炮火，将其打得凌空开花，坠入大海。敌僚机慌不择路，恰巧将机腹暴露在刘玉堤面前。刘玉堤抓住这稍纵即逝的瞬间，一按炮钮，敌机立刻被打得起了火，拖着长长的浓烟，一头栽了下去。

刘玉堤打下两架敌机后，再掉头去寻找自己的僚机时，却不见了僚机的踪影，他只好单机返回战区上空。这时，他又发现了7架美国F-84飞机在轰炸铁路运输线。刘玉堤迅速跟上后面那架敌机，他下意识地回头看了看。见后面没有敌人，正准备开炮时，在他机头下方突然冒出一架飞机，双方距离只有几米，险些撞上。美机也发现了他，加速逃跑，刘玉堤紧追不舍。美机突然猛收油门，减小速度，企图让刘玉堤的飞机冲到前面，变被动为主动。刘玉堤轻轻一蹬舵，转到了美机的侧面。敌机诡计未能得逞，反而因减速脱离机群，慌乱之中，一个俯冲钻进了山沟，企图甩掉刘玉堤，刘玉堤紧紧咬住不放，眼看就要撞山了，敌机只好拉起来，恰巧被刘玉堤瞄准镜锁定，旋即开炮，敌机被一举击落。

打落那架美机后，刘玉堤没有恋战，立即退出攻击，驾机上升到5 000米高度，准备寻找自己的队伍。这时，他又在清川口上空发现50多架正准备返航的美机在海湾上空盘旋。天赐良机！刘玉堤心中暗喜，他悄悄地降低高度，迅速向美机群的左后方接近，并跟紧后面两架敌机。当距离敌机400米正欲开炮时，不巧被美机发现。敌机陡然双机分开，妄图各自逃命。就在这一刹那，刘玉堤一个急转弯，瞄准敌僚机，在150米距离上开炮，敌机凌空爆炸。黑压压的美国机群顿时像炸了窝似的四处散开。趁敌机惊魂未定，刘玉堤一个燕子钻云，跃上万米高空，乘势退出战区，安全返回机场降落。

在历次空战中，击落敌机6架，击伤3架。荣立特等功一次，获"一级战斗英雄"称号，并获朝鲜民主主义人民共和国二级国旗勋章。

伍先华

伍先华，四川省遂宁县人（现四川省遂宁市），志愿军战斗英雄，革命烈士。幼时曾读过两年私塾，15岁被抓了壮丁。在国民党军队里，他受尽折磨，天天盼望着出头的日子。1949年，他获得新生，并参加了中国人民解放军。次年，加入中国新民主主义青年团。1951年3月，参加中国人民志愿军入朝作战，任班长，同年8月加入中国共产党。

入朝后不久，便参加了抗美援朝第五次战役。在战斗中，他冒着敌人疯狂的扫射和轰炸，把受伤的班长背回阵地，接着重返战场，沉着指挥，与另外两个战友一起，打退敌人三次反冲击，荣立三等功。战后，他被调连部，不久，提升为二连三班班长。

部队接到修筑防御工事的任务后，在挖交通壕时，他创造了先把下面掏空，再从上面砸的办法，使工效提高了两倍半。修筑穿石坑道时，他使爆破率由30厘米提高到50厘米。灯油少了，他和同志们创造了以青冈树去皮压碎烤干代灯火的办法，解决了部队燃眉之急。因此，他再立三等功。作为班长，他在生活上对战士体贴入微，工作中对战士要求严格。在他的影响下，三班战士团结得像钢铁一般紧密。1951年8月间，他所在部队奉命开到新坪附近大练兵，在那里全班战士和朝鲜人民建立了血肉难分的感情。

1952年9月，官岱里反击战即将打响，他所在的班进行了一系列战前准备。团长来到前沿阵地，手指沙盘部署了作战方案，主攻部队要从前沿的坑道口冲出去，而720南边那条半截坑道，是敌人的排指挥所，里面的火力很猛，阻挡我主攻部队和正面攻击部队的前进道路。不炸掉半截坑道，就别想攻上去。经过研究，决定把这个爆破任务交给他所在的班。

9月29日下午5时，战斗打响，他领着班里的党员在坑道里宣誓："在党需要的时候，愿献出自己的生命。"5时7分，我军炮火延伸，三班分成的两个爆破组向720制高点和半截坑道挺进，完成爆破半截坑道的任务。他刚冲到半山腰，看见720制高点上连闪两道火光，敌人的观察所被我军炸毁，接着又听到"轰"的一声巨响，半截坑道被我军炸开。过了一会儿，忽然半截坑道里枪声骤起，敌人的枪弹在向凹部，向74号高地山腰喷射。原来是我军实施爆破任务时，敌坑道未被全部摧毁，残存在半截坑道内的敌人还在负隅顽抗。此时，敌人正向720制高点发起了反冲击，敌我两方展开浴血混战，不一会儿，敌人的反冲击被我打下去。此时，三班只剩下他和罗亚全、周绍丰三人。

一排长带着三个突击班也被敌人撒下的火力网压在山脚下，在孤立无援的情况下，他们连续实施了两次爆破，炸掉了敌人两个地堡。这时，我军另一个班已冲上74号阵地，炸毁了敌人的连指挥所——天井坑道。我正面攻击部队已经发起冲锋，然而，却被半截坑道里的敌人重机枪压在凹部不能前进。在这紧要关头，他抱起一捆20公斤的炸药包，翻身冲向火网，冒着敌人的炮火，迅速在坑道移动。突然，一串曳光弹射过来，他一头栽了下去。稍过片刻，只见他咬紧牙关慢慢地向前移动，他被敌人的两道火力夹在中间，始终没能爬过火网，在这紧要关头，为了革命的胜利，他毅然拉燃导火索，像猛虎一般扑向敌人。只听"轰"的一声巨响，他与坑道里的敌人同归于尽，为部队开辟了前进的道路。

1952年11月2日，中国人民志愿军领导机关为他追记特等功，并追授"一级爆破英雄"和"模范共产党员"称号。1953年6月25日，朝鲜民主主义人民共和国最高人民会议常任委员会追授他"朝鲜民主主义人民共和国英雄"称号和金星奖章、一级国旗勋章。

孙占元

孙占元，中国人民志愿军一级战斗英雄。1925年生，河南林县临淇镇三共水村人，后正式改为占元村。1946年2月参加中国人民解放军。1948年2月加入中国共产党。1951年3月参加中国人民志愿军赴朝作战，历任班长、排长。他作战勇敢，机智顽强，先后5次立功。他关心爱护战士，行军中经常帮助别人扛枪、背米袋，宿营时及时为战友们补衣服、钉鞋带，还常常用自己不多的津贴为战士们购买日用品或救济有困难的家庭，深受同志们的喜爱和尊敬。

1952年10月14日，在朝鲜上甘岭战役中，敌军约

烈士孙占元之墓

抗美援朝 保家卫国

——志愿军的战斗故事

6个营的兵力攻占了志愿军防守的597.9和537.7高地。他率领突击排对597.9高地2号阵地实施反击，接近2号阵地时，他的双腿被敌炮弹炸断。当战士们劝他撤离阵地时，他坚定地说："我是共产党员，我是指挥员，不完成党交给我的任务，决不离开自己的岗位。"

他以坚强的意志，来回爬行指挥，用机枪掩护战士易才学爆破，摧毁3个火力点。突击排攻上2号阵地，继续向纵深发展时，敌人突然从阵地侧后反扑过来，数名战友牺牲。他利用已攻占的碉堡，架起缴获的两挺机枪轮番射击，接连打退敌人两次冲击，毙伤敌80余人。敌人再次发起攻击，在战友相继伤亡，弹药告罄的情况下，他忍着巨大伤痛，艰难爬行，从敌人尸体上解下手雷继续战斗。当敌军拥上阵地时，他拉响了最后一颗手雷，与敌人同归于尽，英勇捐躯，年仅27岁。

1952年11月6日，中国人民志愿军领导机关为他追记特等功，1953年4月8日追授他"一级英雄"称号。同年6月25日，朝鲜民主主义人民共和国最高人民会议常任委员会追授他"朝鲜民主主义人民共和国英雄"称号和金星奖章、一级国旗勋章。

孙生禄

孙生禄，中国人民志愿军一级战斗英雄，河北定兴县人，1945年参加中国人民解放军，1947年加入中国共产党，1950年毕业于空军航空学校，1951年参加中国人民志愿军入朝作战，任志愿军空军第三师九团飞行员、飞行中队长。

1952年12月2日下午，美空军出动一个机群，其中2批F-86企图对新义州志愿军机场进行侦察，并掩护战斗轰炸机对清川江以南地面目标进行攻击。志愿军空九团12架米格-15战机在王海的率领下，从浪头机场起飞，在七团的策应下，准备从侧后攻击敌机群。

当飞至战区后，他们接到地面指挥所"右前方有敌机"的通报，王海带领编队右转迎敌。由于二、三中队转弯过早、速度过快，冲到了一中队的前面，美机群抓住战机，分两批从两个中队的尾后展开攻击。王海临危不乱，命僚机组长机孙生禄率本组两架战机，右转支援三中队，自己则同僚机支援二中队。

孙生禄右转后，突然发现又有4架美机向王海尾后逼近，而且距离更近、威胁更大，孙生禄灵活处置，率僚机紧急左转，首先攻击王海尾后的敌机，"咚！

咚！咚！"一串炮弹打散敌机，他又急速右转向三中队尾后之敌开炮。美机群见我方飞机从背后攻到，立即放弃进攻，迅速下滑左转脱离。孙生禄单机咬住欲逃的美机群，在美机左上升转弯时快切半径，截住一架美机，在距敌800米时把它打了下来。随后，孙生禄再次切半径，又咬住了其余仍在左转的美机中的1架，逼近至600米将其击落。

空战结束了，孙生禄拉起机头退出战区，开始向基地返航，不料途中遭两架敌机的偷袭。孙生禄觉得机身剧烈抖动了几下，冷风呼呼地刮进座舱。他意识到飞机中弹了，就迅速摆脱敌机，操纵着失灵的飞机，在高空中飞着。最后，终于在友邻机场安全着陆。人们围拢来一看，立刻愣住了：飞机的天线片被打断，涡轮片打坏了，机身前前后后，布满了弹坑。

第二天上午11点，美机再次来袭，一大队起飞参战，孙生禄在空中全力支援友机，击落企图偷袭团长王海的敌机，又取得了击落一架敌机的战绩。

返航了，飞行员们正要吃饭，敌机突然来临，飞行员们顾不得劳累，又披战袍出征了。

这次敌人派出了44架F-86在清川江以南骚扰，王海立即率大队飞赴战区，孙生禄率僚机担任大队后卫，飞在机群后方。当他到达清川江上空时，迎头遇上了从海面上钻出的 12 架敌机。他和僚机迎头向敌机冲过去，吓得一架架敌机赶快拉起机头躲避。孙生禄顺势咬住一架敌机，把机头一推，从万米高空一直压到千米低空。他边追边瞄准，正当他准备按动炮钮时，两架敌机从左边忽然冲来，向他猛烈开火，炮弹在飞机周围爆炸，座舱上溅着火花。可是，孙生禄全然不顾，向前方敌机射出串串炮弹，然后，一拉机头，直冲云霄，两架敌机在后面紧追不舍。

孙生禄刚要左转摆脱敌机，突然看见右前方 4 架敌机抄着近路，气势汹汹地向我大队机群尾后冲去。情况紧急，孙生禄不顾后面敌机的追击，驾着受伤的战机，风驰电掣般冲过去，拦住了敌机的去路，使我机群脱险。

这时，孙生禄陷入四面敌机的围攻，机身周围响起阵阵炮声。他上下翻滚，横冲直撞，毫不畏惧地与敌机群格斗着，吸引住敌机群，为我机群歼敌创造了有力的战机。

敌人的炮火越来越猛，孙生禄的飞机已多处受伤，机身剧烈地摆着，操纵已非常困难。他用尽最后的一点力气猛地拉起机头，驾着烈火熊熊的战鹰，径直向敌人机群猛撞过去……

战斗结束了，我机群打败了敌人，取得了击落、击伤敌机6架的辉煌战绩，但年轻的孙生禄却再也没有回来。

1952年12月，中国人民志愿军空军和朝鲜人民军空军领导机关决定为他追记特等功，授予"中国人民志愿军一级战斗英雄"称号。朝鲜人民军空军也为他追记特等功，追授"朝鲜人民军空军英雄"称号，并授予他朝鲜民主主义人民共和国二级勋章。

曹玉海

1951年2月12日，三十八军公认最优秀的"钢铁营长"曹玉海和教导员方新同一天倒在了阵地上，英勇为国捐躯了。

350.3高地是整个三十八军防御阵地的要点，如被突破，三十八军防御阵地将全部失守，西线美军由次缺口可突入中朝军队的后方，将我东线由中国志愿军副司令员邓华指挥的志愿军第三十九军、第四十军、第四十二军、第六十六军组织成中集团和由朝鲜人民军前线司令官金雄指挥的朝鲜人民军第二军团、第三军团、第五军团组成东集团包围起来，那我军的损失可就大了。

在这个三面临海的小高地是很难防守的，第三十八军第一一四师二四二团一营被誉为"铁军"的部队就不得不拉上去了，临出发时是副军长江拥辉亲自交代任务的。

曹玉海毫无畏惧地看着副军长江拥辉的眼睛说："我们营从没打过败仗！请首长放心！一定完成任务。"

副军长江拥辉目送曹玉海和一一四师二四二团一营离去，心头万分难过，拿这样的最优秀的"钢铁营长"和英雄营去拼命，去打阵地战，不值啊！用这英雄营，美国军队就是白给十个营也不换啊！

面对美国军队最精锐的王牌军骑一师的进攻！天上是数不清的飞机，地上是数不清的大炮、坦克，还有海上的军舰。每天，我英雄营的350.3高地都要挨上几万发的炮弹和数不清的炸弹啊！七天七夜血战汉江在"钢铁营长"和英雄营的阵地前沿，美国军队最精锐的王牌军骑一师不知扔下了多少死尸，他们都被拉走了，可我们的英雄营也快打光了。

1951年2月12日，最后的日子到了。曹玉海把营指挥所和三连一起搬到主峰来了，因为这里的二连只剩下4个战士了，从连长到班长全都为国捐躯了。"钢铁营长"曹玉海要与阵地共存亡了。曹玉海瞪着血红的眼睛从主峰望山下，下面是利川、水原、龙江三座城市通往汉城的三条公路的交汇点。此高地一丢，汉城不保，非死守不可。"钢铁营长"曹玉海深深吸了一口饱含硝沿和血腥的晨雾，他已知熬不过今天了。他是在中国共产党领导的人民军队里长大的一个孤儿，早就把自己的一切交给党了、交给三十八军这支英雄的部队了，他不怕死！

"钢铁营长"曹玉海在新中国成立后被"强迫"转业去任武汉监狱长。上任之前又"强迫"他去武汉东湖疗养，在那里一个年轻漂亮的女护士爱上了他，爱情在刚刚来临的和平生活中显得格外温馨。当爱曹玉海的姑娘向他提出结婚要求的那天，他在广播里听到了一个消息：与中国接壤的朝鲜发生了战争。

6月25日，当曹玉海在武汉的大街上奔走的时候，他听说自己的老部队第三十八军正从南向北开过路过这里。他虽不知道邻国的战争与自己的国家有何种关系，但部队向着战争的方向开进还是使他产生出一种冲动，他能够意识到的是，国家的边境此刻也许需要守一守，那么部队也许又需要他这个勇敢的老兵了。

曹玉海的口袋里此刻还揣着那个女护士写给他的信："玉海，一想到你要离开我，我的心就像撕裂了一样！自从见到你，我才晓得一个人应该怎样生活。但，我毕竟还有些过于注意个人幸福，你的批评是正确的。你说得对：'我不是不需要幸福，我不是天生愿意打仗，可是为了和平，为了世界劳动人民的幸福，我就要去打仗了。'谁知道什么时候能相见，但我要等待、等待，等你胜利归来。我为你绣了一对枕头，请带着它，就像我在你身边一样……我想总会有点儿时间的，你千万写信来，哪怕只是一个字也好……"

那对枕头是白色的，上面绣着四个字：永不变心。

曹玉海真的在武汉的茫茫人海中找到了自己的老部队第三十八军第一一四师奉命北调东北鸭绿江边路过武汉，曹玉海找到师长翟仲禹非要归队："首长！我是一个孤儿，如果牺牲了，牵挂少，批准我入朝参战吧！决不能再让美国走日本老路，打到我们中国来！奴役我们的国家和人民呀！"

师政委李伟上前默默地解开了曹玉海的上衣的纽扣，就胸部的二十多块伤疤就让人不忍目睹，胳膊、腿上也有啊！几位师首长凝视着这个英雄的"钢铁营长"！同时庄重地给他敬礼！

"玉海同志！有你这样的军人！我们一定能够打败美帝侵略者！我们同意你重新入伍。"

三十八军首长和中南军区向湖北省交涉，曹玉海如愿以偿，重回第三十八军第一一四师三四二团一营任营长。

在部队继续向北走去的时候，曹玉海拿出女护士的照片给他的战友姚玉荣看。姑娘的美丽令姚玉荣羡慕不已。他问，为什么不结了婚再走？曹玉海说，万一死了多对不住人家。姚玉荣开玩笑地说：是不是不太喜欢她？曹玉海的脸一下严肃了，他说，死了我也恋着她！

炮弹的啸声预示着骑一师又开始进攻了。

教导员方新和战士们宣誓声响彻了整个主峰："为了保卫新中国！为了保卫中国人民！为了保卫朝鲜人民！为了保持一营的光荣！誓与阵地共存亡！誓与阵地共存亡！誓与阵地共存亡！"

他们又打退了骑一师的7次疯狂进攻！骑一师的死尸又堆满了阵地前沿！

到了下午3点，团长孙洪道来电话问他还有多少人？"人是越来越少了，不过请团长放心！有曹玉海在！就有阵地在！"那时，他全营只有30多人了。

团长孙洪道被曹玉海的沉着感染了，不禁有了些安慰！

"团长！敌人上来了，包围了我的营部！我跟你告别了！团长！"

这是什么话！"曹玉海！实在不行就撤下来！天黑再反击！不要蛮干！"团长孙洪道急得跳着脚冲着电话大喊！他是宁可不要了阵地！也不愿失去这百里难挑

一的"钢铁营长"啊！

曹玉海听不见了！端着上了刺刀的冲锋枪冲上去了。骑一师的匪徒们上来就开枪，一颗子弹击中了他的头部！又一颗子弹击中了他的胸部！伟大的战士就这样牺牲了！愤怒的英雄营的残兵又把骑一师的匪徒们打退了！真乃是一人拼命，万人莫敌呀！

"钢铁营长"曹玉海牺牲的消息传到了团指挥所，团长孙洪道放声大哭，端起一挺机枪就朝350.3高地跑去，要给"钢铁营长"曹玉海和英雄营的部下报仇啊！团政委王丕礼冲上来死死抱住了他，也只有团政委王丕礼能抱住他呀。

"钢铁营长"曹玉海的好友兼搭档教导员方新沉默不语了，只想拼命杀敌，为"钢铁营长"曹玉海好友报仇了，模范的政工干部连口号都不喊一声了。在他带领下，又打退了骑一师的好几次进攻，三连长赵连山几次催他下山了，按军里的死命令方新必须下山，团长孙洪道也来好几次电话了。英雄营以后得有人带呀。教导员方新什么都不听，就只往枪里压子弹，把手榴弹也准备好，要多杀几个美国鬼子为好友报仇。

敌人又上来了，当子弹打完后，连长赵连山拉响了两颗手榴弹钻进了骑一师的人群！"再见了教导员！我去找营长去了。"

教导员方新也冲出了阵地。在打光枪里的所有子弹后，捡起一颗拔掉引信的炮弹也冲入了骑一师的人群。

英雄营的两个主官，同一天倒在了阵地上，英勇为国捐躯了。

骑一师的匪徒们再也不敢往上冲了。

天黑了，团长孙洪道带两个连上来了，阵地还在英雄营手里，但只剩下两个伤员了。

而躺在英雄营阵地上的美军骑一师没拉走的匪徒还有680多个。

英雄营战后被中国军队总部授予"抗美援朝英雄营"，这是无上的荣誉。英雄营三连被记特等功。曹玉海和方新都是一级战斗英雄。50年后曹玉海84岁的姐姐来到三十八军，为有一个一级战斗英雄的弟弟感到光荣和骄傲。

柴云振

柴云振，本名柴云正，一级战斗英雄、志愿军特等功臣，出生在岳池县大佛乡一个贫苦农家，1948年柴云振参军，1949年加入中国共产党，1950年10月，柴云振参加志愿军赴朝作战，1951年5月，柴云振所在部队十五军四十五师三营在朝鲜金化西南30公里江原道芝浦地区的朴达峰，担负阻击北上敌军的任务，负伤后转移至包头市部队医院，伤愈回到家乡隐姓埋名。邓小平全力协助，金日成数十年寻找英雄柴云振，经过33年艰苦寻找，于1984年在岳池县找到，于1985年受金日成主席邀请访问朝鲜并授勋。

1950年，以美国为首的15个国家悍然发动侵朝战争。柴云振所在部队奉命入朝参战保家卫国，他们在朝鲜给美帝军队和李承晚军队狠狠的打击，为争取世界和平立下了汗马功劳。特别是在五次战役芝铺里地区朴达峰阻击战中，柴云振的英雄壮举为大部队夺取最后胜利做出了重大贡献。

1951年5月28日至6月4日，被我军打得狼狈不堪的美李军队，乘我军北撤之机，突然集中兵力尾随而来。我军一三四团奉命调头阻击，在朴达峰山区展开了一场英勇顽强的阻击战。

芝铺里地区朴达峰在金化西南30多公里的地方，山势险要，是敌人进犯金化的必经之地。美国侵略军第二十五师和加拿大第二十五旅，于5月28日拂晓在飞机大炮、坦克的掩护下，开始向朴达峰扑来。我军立即进行了还击，经五天五夜的激战，双方伤亡较大。最终，我军丢失了两个山头。此时，敌人已逼近我三营前沿阵地，情况十分危急。四十五师一三四团副团长刘占华命令三营组织力量给敌人以阻击，营长武尚志命令七连九连剩余人员40余人组成二梯队坚决阻击。他命令当天由师警卫连补充到八连的班长柴云振带领七班9名战士向占领我主峰阵地的敌人发起反击，夺回阵地，堵住敌人进攻缺口。这个任务十分艰巨，柴云振二话没说，毅然接受任务。

柴云振根据两个失去阵地的地理位置，果断分析夺回阵地的计策：我方人员少，敌方人员多且武器精良，白天强攻显然不行，只有等到晚上黑夜的有利条件才能夺回阵地。可是敌人十分狡猾，不仅加固了工事，加强了武器装备，而且在夜晚施放照明弹。每当夜幕降临之时，敌人就间续向夜空发射照明弹。照明弹光线强烈，升上天空后将地上照得十分清晰。这样，我军行动就完全暴露在敌人面前。

柴云振思索着最佳行动方案，他命令一组5人，趁照明弹落下间隙的四五分钟时间快速跃入另一弹坑，待升起的第二颗照明弹落下熄灭后再次隐蔽前进，逐渐绕到敌人不易发现的山脚下前进；同时命令担任掩护的二组四人不时在另一个方向隐蔽地向敌人山头放冷枪，以吸引敌人的注意力。就这样，柴云振带领5名战士很快从侧后爬上了山头，他们对准敌人喷火的机枪扔去手榴弹，消灭了阵地上的敌人。第一个山头被顺利地夺了回来。第二个山头要比第一个山头高得多，险得多。敌人在这个山头上驻下了一个营的兵力坚守，而且吸取了教训，为防止我军偷袭，无论有无照明弹升空，都对准阵地前的凹陷地开枪扫射。显然，我军不能利用凹地接近敌人。柴云振决定将5个战士分别隐蔽在两个方位，打敌人火力点的冷枪。

他自己则率领3名战士，绕开敌人火力，攀崖附壁，向第二个山头接近。30多分钟后，冲锋的战士被敌人发现了，敌人的子弹在前进的战士面前组成了一道密集的火力网。柴云振命令战士停止前进，等待战机。大约一个小时以后，敌人的机枪逐渐停了下来。柴云振抓住战机，带领战士悄悄向敌人接近。当接近山腰时，敌人突然发现了柴云振他们，叽里呱啦地乱叫着，疯狂向战士们开枪。柴云振等几名战士冒着敌人的枪林弹雨，相互掩护着冲上了半山腰。他们端起机关枪，将半山腰工事里一个排的敌人消灭得干干净净，之后又匍匐接近敌之山顶阵地，登上山顶，干掉岗哨，消灭了正在山顶上开会的敌人。第二个山头也顺利地回到了我军手里。

此时，担任反击任务的八连主力已到达一号山头接防，柴云振留在一号山头的两位战士来到了二号山头。柴云振等人将敌人的尸体用作掩体，又将敌人的枪支弹药收集起来留着备用。他们估计敌人是不甘心就此罢休的,一定会组织力量反扑,目前要抓紧时间做好反击敌人的准备。

天亮了,敌军组织大约两个团的兵力展开大规模的反扑,要夺回失去的阵地。由于敌众我寡,柴云振命令每个战士把成捆的手榴弹和爆破筒扔向敌群,并用机枪扫射,敌人丢下一大片尸体后,乖乖地退了下去,但20多分钟后,敌人在飞机大炮掩护下再次强攻我方阵地。敌人的飞机在二号阵地上空拼命地扔炸弹,阵地上无数炸弹爆炸,掀起冲天的泥沙,完整的工事被炸得不成样子,战士们被泥土埋在了阵地上,树木也被连根拔起炸裂,燃起熊熊大火。待敌机飞走后,敌人的大炮又向阵地上成群地倾泻炮弹,阵地上到处是爆炸声和炸飞的泥土、弹片、岩石、木棍。包括柴云振在内,所有的人都负了伤,鲜血染红了阵地上的泥土,身上的衣服被炸得破烂不堪。炮轰之后,敌人如蚂蚁一样从西南面向狼烟四起的朴达峰主峰二号山头阵地扑来。为了保存有生力量,八连派人前来传达团部命令并接应柴云振和七班战士迅速撤出阵地。但是就在撤离过程中,柴云振带领的战士中有3名中弹牺牲。柴云振眼看自己冒着生命危险夺回的阵地再次被敌人占领,心如刀绞一样难受。

柴云振一觉醒来，吃了一点东西，就跑到营长面前请战，一定要上前线消灭敌人。营长武尚志批准了他的请求。柴云振精力得到恢复，又如猛虎一样，带领6名战士迅速出击，沿着熟悉的地形隐蔽着向山顶接近。柴云振带领战士们冲上山头，消灭了山顶上的敌人，但是这次又牺牲了两名战士。

柴云振将仅存的4名战友分成两个战斗小组，坚守阵地。子弹快打光了，手榴弹也用光了，敌人见柴云振他们无力还击，估计没有子弹了，就又一次狂叫着成群结队地往阵地上冲来，看样子敌人要抓活的。柴云振和战友们两眼怒视着凶恶的敌人，他们相互鼓励着，捏紧了拳头，准备与敌人肉搏。时间一分一秒地过去，敌人猖狂地叫嚣着向阵地扑来，战士们做好了牺牲的准备。

当敌人冲上阵地离柴云振他们有50多米远时，柴云振突地站了起来。他端着冲锋枪，怒视着敌人。紧接着其他战士也都抓起了机枪或冲锋枪，相继站了起来。4位志愿军战士像钢铁巨人一般，屹立在朴达峰第二号阵地主峰山头上。这阵势把敌人给镇住了，大批敌人停住了脚步，卧在了山坡上，不敢向前挪动一步。双方僵持了足足有5分钟时间。在这危急关头，营长派老战士郭忠堂和另一名新战士送来了两箱子弹和几十颗手榴弹。4位英雄立即跳入战壕给机关枪上了子弹。此时，敌人爬了起来，向主峰阵地冲来。敌人边冲边端枪扫射，4位英雄中有两位不幸牺牲了，送子弹的战士也被敌人的子弹击中牺牲。柴云振强压心中的怒火，端起机枪向敌群猛射，另一位战士则使出全身力气向敌人扔手榴弹。敌人被柴云振他们打灭了一大片，剩下的鬼哭狼嚎般退了下去。阵地坚守住了，两位英雄松了一口气，他们面对山坡上成堆的敌人尸体和阵地上高高飘扬的红旗，脸上露出了胜利的微笑。此时团部传来命令，阵地交给九连接守。

回到营部吃完饭，柴云振刚想休息一下，前方便传来消息：阵地失守。营长武尚志高声地说："七班出击，一定要拿下那两个山头！"此时，七班仅有两名战士了，营长给补充了两名新战士。面对敌人，柴云振说："战友们，保家卫国，就是死也要夺回阵地，坚决消灭敌人，生当作人杰，死亦为鬼雄。"随着一声令下，几名战士向阵地冲去。身后，团里派来的增援部队组成强大的火力进行掩护。他们顺着山势，避开敌人的火力，爬上山头，摸到了敌人阵地的后面。柴云振看清敌人的火力分布后，指挥战士逐个消灭敌人。其中，有一个敌指挥官正在指挥打击我方部队，被柴云振当场击毙。其他几名战士顺势将手榴弹扔向敌人的其他几个火力点，随着手榴弹爆炸的轰响，山头上的敌人被歼灭，敌人的第一道防线被突破。阵地上，敌人的机枪哑了，山头仿佛又恢复了战前的宁静。几分钟后，突然在一个较隐蔽的地方，传来叽里呱啦的声音。柴云振仔细观察了声音传来的方向，黑乎乎的树桩后面，竟有一个半掩的岩洞！岩洞就在离自己约有一百米的山顶拐角处。柴云振根据经验判断，这是敌人驻扎在山峰的营部指挥所。为了摧毁这个敌指挥所，他和几名战士，分散隐蔽着边观察边向敌指挥所爬去。柴云振已接近山洞十来米远了，他取下一颗手榴弹，拧开盖子，拉了火索线，在手中停留了两三秒钟后，随即扔向岩洞。随着"轰"的一声巨响，里边的敌人被炸死，岩洞也被彻底炸垮。外面的敌兵见状，扔下枪炮，不顾死活地直往山下逃去。逃下去的几十个敌人，在另一面半山腰部的凹陷处与另外的一百多个敌人会合了。

在一名敌指挥官的指挥下，敌人的子弹如雨点般向山头射来。柴云振见此情景，指挥战友用手榴弹和机关枪打击敌人，很快，敌人丢下许多尸首，再次逃了下去。但逃跑也挽救不了其灭亡的命运，神枪手柴云振一阵猛射将其全部消灭。

在这次战斗中，柴云振身边的战友都牺牲了，他自己身上多处负伤，可他全然不知。阵地上，只剩下柴云振一个人了。他挥手想抹去额上的汗水，可一看全是血水，正想松一口气，却突然听见后面有脚步声。他转过身来，见4个高大的美国兵已冲到离自己20多米远的地方了。说时迟那时快，柴云振扣动了扳机，一串仇恨的子弹射了出去，美国兵被当场击毙了3个。与此同时，敌人也射来一串串子弹，他手臂、腰部等多处负伤。柴云振强忍剧痛，使劲扣动扳机要消灭最后一个敌人时，机枪里没有子弹了。柴云振扔了手中的枪，冲上前去要与美国兵拼个你死我活。

那个美国兵见状，也扔下卡宾枪，凭借个子高大的优势，要生擒柴云振。双方拳脚相加扭打了好一阵后都抱住了对方，并在地上翻滚了好几个回合。柴云振的皮肤被敌人抓破了好几道口子，鲜血直流。敌人在扭打中摔掉了钢盔，被柴云振抓掉了一只耳朵，抓破了脸皮，同样鲜血淋淋。凶恶的敌人在与柴云振扭打翻滚中抽出了匕首，猛向柴云振刺来。柴云振情急之中，将敌人推翻在地，匕首被抛下山去不知去向。接着，柴云振用双手猛扎敌人的脑袋，又顺手伸出五指去挖敌人的眼睛。不料，敌人把脸一仰，张开血盆大口衔住柴云振的右手食指，使劲一咬，将咬断的手指吞进了肚里。一阵剧痛使柴云振双眼发黑，他很快失去了知觉。美国兵还不死心，又抓起一块岩石，狠狠地砸向柴云振。顿时，昏昏沉沉中，柴云振感觉到脑浆四溅，鲜血直流……朴达峰主峰二号山头上静了下来，再也没了枪炮声和怒吼声。阵地上，柴云振静静地躺着，鲜血直流。美国兵以为柴云振已经死去，松开了手，急急忙忙向山下逃去。此时，我们的英雄柴云振苏醒了。他睁开双眼，见敌人已跑了一百多米远的山路，他只有一个念头：坚决消灭这个敌人！他翻过身来匍匐前进，溢出的脑浆和鲜血洒在朴达峰主峰阵地。他不顾一切地抓起敌人扔下的卡宾枪，使出最后一点力气，瞄准敌人，扣动扳机。"砰"一声，敌人应声倒地滚下山去。这最后的一枪，声音特别响亮，打破了朴达峰主峰阵地的寂静，这声音久久地回荡在山间。可是我们的英雄柴云振在扣动扳机的同时也失去了知觉，再次昏倒在了阵地上。

当柴云振苏醒过来时，他已躺在了医院的病床上。医务人员赶来了，都说这是奇迹，奇迹！柴云振感觉头特别重，怎么也抬不起来，一身像散了架似的，不听使唤。他惊讶地问："这是什么地方？你们是什么人？"医务人员告诉他："你已回国了，这里是内蒙古包头市部队医院。"医务人员给他端来了水和吃的东西，可他觉得奇怪：自己明明在朝鲜战场上，怎么一

067

抗美援朝　保家卫国

——志愿军的战斗故事

下子来到了大草原上呢！

在与医务人员的交谈中，柴云振得知自己是从前线战地医院用飞机单独转来的危重病人。医院是尽最大努力怀着最后一线希望对他进行抢救的，他能活过来是一个奇迹。在医院里，经过医务人员的精心治疗，柴云振的伤势渐渐有了一些好转。一年以后，除经常头痛以外，并无其他不良反应。此时的他是多么想念部队想念战友和自己老家的父母啊！他不知道部队现在的情况，也不知道自己还能不能找到部队；他出门几年了，更不知老家父母怎么样了，他很想念他们。医生告诉他："你能活过来已经是一个奇迹了，今后还要多加休养才是。"他们劝柴云振回老家休养，也好看望家中的亲人。如果有亲人照顾，心情好、内心充实，更有利于身体的康复。于是，柴云振从部队医院直接回到了四川老家。在四川农村，柴云振与村民们一起年复一年地"修理地球"，他从不把自己的功绩向别人述说。

1984年的一天，柴云振的大儿子看到了四川日报上一则寻找英雄的启事。他拿着报纸来问柴云振："爸，你看，这上面寻找的人是不是你哟？"柴云振接过报纸一看，报纸上写着"寻找抗美援朝英雄柴云正"，他认为名字不对，不是找自己。儿子说："你叫柴云振，找的人叫柴云正，'振'和'正'字音相近，而且事实与你的情况完全相同。你不妨去问一问，看找的是不是你。"

柴云振在家人和乡亲们的劝说下，先向有关部门写了一封信，述说了自己的情况。很快，有关部门派人下来调查并照了不少照片送去部队，让当年共同战斗过的战友辨认。不久，武汉军区两名负责寻找英雄柴云正的人将柴云振接到湖北。

为了核实眼前这位柴云振是不是当年朴达峰战斗中的英雄，部队特地将原部队的军、师、团的干部全部请在一起，夹杂在其他年龄相仿的军人之中让柴云振辨认。柴云振一见，立即走上前去，叫出了原十五军政委谷景生，四十五师师长崔建功及向守志、唐万成、黄以仁、李万明、聂济峰、王银山、张蕴玉、刘占华等诸多领导的名字，并且将这些人当时在志愿军中的职务说得清清楚楚。

老首长们拉着柴云振的右手仔细辨认，又仔细察看柴云振头部的伤痕，这些是首长们30多年前熟悉和记忆特别深刻的地方。老首长们心中有了一些底，他们请柴云振讲每次战斗和立功的情况，他答得完全正确。老将军向守志等首长，与柴云振抱在一起，他们都哭了。

向守志将军说："柴云振，我们找得你好苦啊！30多年来，部队派人几乎寻遍了全国每一个省、市、自治区，今天，总算找到你了。"部队找到了英雄，立即召开大会表彰英雄，中央军委领导亲自前来为英雄颁奖，柴云振领回了迟到了30多年的勋章。30多年前他被评为"特等功臣""一级战斗英雄"，获得朝鲜民主主义人民共和国最高奖赏"一级国旗勋章"等荣誉。当他领到了这些奖章时，激动得流下了眼泪。他说："想不到部队首长至今还记得我！"秦基伟将军说："不仅部队记得你这位英雄，而且，朝鲜人民记得你。这次找到你，全靠邓小平主席啊。"

在部队，柴云振得知，这次寻找自己，是金日成主席几十年的心愿和邓小平主席亲切关怀的结果。20世纪80年代初，金日成主席访问中国，由邓小平、秦基伟等中央军委领导人陪同。在成都时，金日成主席与邓小平谈到了四川籍的志愿军英雄人物，对黄继光、邱少云、赖永泽、柴云振等四人印象特别深刻。

除牺牲的两位英雄外，赖永泽已经找到，而柴云振至今下落不明。他寻找了30多年，踏遍朝鲜的山山水水，又多次到中国请求有关部门帮助寻找，始终没有人能提供柴云振的准确情况，也不知柴云振是否已经牺牲，他至今依然惦记着这件事情。

金日成还说，这几位英雄人物的事迹已经列入朝鲜课本和朝鲜革命军事博物馆。邓小平听后就问随同的秦基伟将军知不知道柴云振的情况，秦基伟说："柴云振的确是一位了不起的志愿军英雄人物，仅朴达峰阻击战，柴云振所在营歼敌2 000多人，他带领的七班就歼敌400多人，柴云振一个人就歼敌200多人。

　　但抗美援朝期间，部队由于伤亡和变化大，现已无法找到柴云振系什么地方人的资料了。我们只知他当时伤势很重，许多首长都见过昏迷不醒的柴云振同志，当年彭德怀司令员，杨成武、杨勇等副司令员指示国内医院要不惜一切代价抢救英雄柴云振，后来他被部队派飞机运送回国抢救治疗，听说为了抢救柴云振的生命，有关部门请了专家学者会诊，并转了几个医院，转来转去，就再也没有了消息。

　　1952年5月1日志愿军司令部和朝鲜最高国务会议授予他特等功臣称号，并表彰他的英雄事迹时，却没有人来领取奖章，听说他获得的奖章至今还在武汉部队荣誉室里。"听到这里，邓小平对金日成说："只要柴云振还活着，只要柴云振还在中国领土上，我们就一定能找到。"他请金日成放心，无论柴云振是否还在人世间，都能找到他的下落。

　　之后，邓小平在百忙之中专门抽出时间过问这件

志愿军的战斗故事

事情，他把柴云振当年的同班战友、后升任一三四团副政委的孙洪发请来，让他介绍柴云振的个性特征、方言等生活习惯。孙洪发说柴云振可能是大西南方向的人，邓小平听后指示：哪怕是大海捞针也要把柴云振找出来，在云贵川各省及至中央各大报纸刊登寻找英雄柴云振的启事，让所有了解相关情况的人提供线索，一定要找到英雄。

不久，四川日报、贵州日报、云南日报、人民日报、中国青年报、解放军报等报纸连续数天在显著位置刊登了"寻找特等功臣柴云正"的寻人启事。之后，秦基伟又指示在武汉的已改建为空军部队的原十五军部队首长，要他们加快步伐，组织力量再次在全国范围内，特别是在云贵川渝等地寻找柴云振。正是由于柴云振将自己的事迹讲出来，部队又查找了有关资料，才证实了柴云振就是"柴云正"，而名字是当时文书登记姓名时将音近的"振"误写成了"正"。

找到了英雄柴云振的消息很快在中朝两国传开了，当年的老首长杨成武、洪学智，以及中央和军委主要领导分别接见了柴云振。原十五军军长秦基伟特地将柴云振请到自己家中做客，回忆往事，共叙当年。原来，1951年朴达峰阻击战中，柴云振所在营已全部牺牲，团里根本不知道他的情况。他是在兄弟部队冲上主峰阵地后才抬下阵地送往战地医院抢救的。当时，志愿军司令部兵团、军、师领导都来看望过昏迷不醒的柴云振同志，指示一定要尽全力救活英雄。他被送往后方抢救之后，就与部队失去了联系，再也没有了音讯。几十年之后柴云振才得知，老首长秦基伟早就派人到山西、河北、安徽、山东、江西等十几个省寻找自己30多年了。老首长也有一个心愿，一定要找到柴云振，找不到柴云振他死不瞑目。柴云振对秦基伟充满了无限感激。最后，秦基伟问柴云振有什么困难需要组织解决，柴云振说："老首长，我那一个班的战士都牺牲了，只剩下了我。我活在世上，应该代我的战友们做点事，我自己对组织没有任何要求。"多么伟大的战士啊，这席话以后常常引起老首长对这位战士的深深回忆，老首长为有这样的部下备感骄傲。1985年，柴云振应金日成邀请，同中央军委组成的抗美援朝英雄代表团一起访问朝鲜。在访问期间，金日成特别举行了盛大的授勋仪式，授予杨成武、刘振华、柴云振三人"一级自由独立勋章"，并亲自将勋章戴在三位英雄的胸前。金日成主席说："找到柴云振，历史应该改写过来，柴云振不是烈士，是活着的英雄。"

随后，英雄们在金日成等朝鲜党政军领导人陪同下，来到朝鲜民主主义人民共和国革命军事博物馆参

抗美援朝 保家卫国
——志愿军的战斗故事

观，在这里柴云振亲手将自己的"遗像"和事迹简介摘了下来。在这之前，志愿军英雄柴云振、黄继光、邱少云等人的事迹在朝鲜早已编写成书，并被翻译成十多种文字在全世界传播，此时的柴云振成了名副其实的世界著名的"活烈士"。

提起老政协委员柴云振，人们都爱说这样一句话："战斗英雄和他的200多份提案。"

因在受重伤转院治疗过程中与原部队失去联系，伤好后复员回乡，默默奉献33年。1984年，他所在的部队成立专门寻人小组，找遍大半个中国，终于将他找到。随后，他被增补为岳池县政协常委、省政协委员，当选为第七届全国人大代表。

他先后提交了200多份提案，提案曾得到中共中央政法领导小组、国家司法部、劳动部、农业部、国家计委、国务院机电设备进口审查办公室、中华全国总工会、四川省计经委、省农牧厅、省卫生厅、省民政厅、南充地区行署等单位和部门的书面答复，反映的问题有30多个得到解决。提起他的200多份提案，柴云振谦逊地说："这是我应该做的事，我也只能做点这些事了。"

2001年，柴云振听到群众对县城附近小河严重污染的怨声，就向县上递交了《整治安公桥河》的提案。

有关部门回答说，现在资金紧张，以后再考虑。第二年他又递送了提案，答复说，条件还不成熟。到2003年，他继续交提案，这下有关部门引起重视，再加上县城改造为有关部门将小河污染的治理纳入议事日程创造了条件，工程终于上马。当地老百姓说："我们不再受小河污染的害，全亏了你为大家呼吁。"

执着得有几分倔强的柴云振就是这样履行着一个政协委员的职责。20年来，柴云振针对广大群众反映强烈的社会风气、治安、就业、社会福利、复退军人待遇和地方建设等重大问题，进行了广泛的走访和调查。他坚持每年至少写两份提案。熟悉他的人都劝他："你都这么大岁数了，行动起来也不方便，这些事就让年轻的政协委员去做吧。""等我走不动了再说吧。"柴云振实实在在地说。

邱少云

中国人民志愿军战斗英雄，1931年出生于四川铜梁（今重庆市铜梁县），13岁那年被国民党军队抓去当兵，1949年12月参加中国人民解放军。

1951年3月25日，邱少云作为中国人民志愿军的一员，跨过了鸭绿江。

1952年10月，邱少云所在的连队接受了一项光荣

而艰巨的任务，消灭平康和金化之间的391高地的敌军。然而，391高地地形独特，易守难攻。在敌军和我军阵地之间还有3 000多米宽的开阔地，是敌人的炮火封锁区。在这样长距离的炮火下冲击，必会导致我军较大伤亡，影响战斗的顺利进行。上级决定采用隐蔽作战，在发起攻击的前一天夜里，把部队潜伏在敌人阵地的前沿，打敌人一个措手不及。要使几百人在敌人眼皮底下隐蔽20多个小时而不能有一个暴露目标。邱少云和他的战友们毫不畏惧，争相请战。临行前，邱少云下了钢铁誓言：为了战斗的胜利，甘愿献出自己的一切。

邱少云和战友们一起秘密地潜伏在草丛里，他们班埋伏在整个部队的最前头，距离敌人工事只有20米，不能互相说话，不能站起来坐起来，一直伏在草丛中，屏声息气，注视着高地上敌人的动静。到第二天早晨，他们已埋伏了一个夜晚，觉得十分疲乏，腰腿酸痛得厉害，露水全打湿了衣服，大家坚强地坚持下去，一动也不动。大约中午时分，狡猾的敌人对阵地的情况有所警觉，几架敌机尖叫着飞到草丛地上空，在不断盘旋，接着扔下一排燃烧弹，落在潜伏区附近，一时间黑烟滚滚，大火熊熊。"不能动！一定要严守潜伏纪律！"战士们暗暗下决心，用目光互相鼓励。500名英勇无畏的战士纹丝不动，阵地依然像没有一个人那样平静。敌机又一阵疯狂扫射，临走又扔下一排燃烧弹。一颗燃烧弹在邱少云身后爆炸了，燃烧着的汽油溅到邱少云身上，身上的伪装、衣服立刻烧着了。"哇——哇！"他的左侧，传来了急促的蛙叫声。"叽——叽！"他的右侧，传来了紧迫的鸟叫声。这是战友们用暗号发出的呼唤，他们不住地向邱少云示意，赶快将大火弄灭。但邱少云却异常平静，他向战友们摇摇头。他当然知道，身后就是一条流水的小沟，滚进去，火马上就会熄灭；或者，踢开腿上的伪装物，就地一滚，也能将火熄灭。但他心里清楚：此刻，山上山下正有几十架望远镜向燃烧点瞭望，自己只要出现一丝动

抗美援朝 保家卫国

——志愿军的战斗故事

静，敌人的万门火炮就会在顷刻之间把潜伏地炸成一片焦土。自己的战友就会全部牺牲，攻击391高地的战斗任务就不能完成。他安静地卧在那里，任凭火舌爬上自己的脊背，爬上自己的双肩，任凭火舌燃烧着他的眉毛、头发……他没有呼喊，没有流泪，只是使劲咬着嘴唇。他慢慢地将爆破筒递给了附近的战友，将冲锋枪、弹夹，还有一份入党申请书递给了附近的战友。豆大的汗珠从额头上滴下来，他的双眼被烟火烤得睁不开，呼吸急迫。他的双手深深地插入泥土里，像一尊巨大坚硬的石像横卧在烈火中一动不动……火慢慢地熄灭了。复仇的烈火随着邱少云这个光辉的名字，在同志们的胸膛里燃烧着。大家在等待着，等待着，等待着那用火和血祭奠英雄的时刻。下午5时30分，攻击391高地战斗开始了，在我军猛烈的炮火掩护下，埋伏的战士们勇猛地发起冲锋，打得敌人乱成一团，终于全歼守敌，夺下了高地。

60多年来，邱少云的英雄事迹激励着一代又一代人。然而，人们却不知道，这样一位惊天地、泣鬼神的战斗英雄，却差点成了无名英雄。

战斗结束后，连队给邱少云报请了三等功，此事似乎也就这样无声无息地过去了。而据邱少云生前战友林炳远后来回忆说，那次战斗半个月后进行战斗总结，他和邱少云的指导员王明世一同到师里去汇报。当时，一位组织部门的干事要求王指导员举个具体的人或事来谈谈。王指导员于是提到了邱少云并说："在执行任务前进行战前动员时，战士们很激昂，纷纷表了态，可邱少云却闷不吭声，因此连里对他很不放心。于是我找邱少云谈心，给他讲了许多革命道理，他也向我表了态，就是被敌人的子弹打中了，也不暴露目标，暴露目标就是革命的罪人。"

第二天，他向党支部交了一份入党申请书，在申请书中他表示：为了战斗胜利，愿贡献自己的一切。可不曾料到，第二天他便牺牲了，真的用年轻的生命换来了战斗的胜利。

那位干事听了王明世的介绍，非常感动地说："这样的英雄行为，太感人了，三等功不行，应报特

邱少云烈士纪念碑

等功!"

于是，二十九师政治部立即上报邱少云特等功的报告，报请志愿军司令部批准。报告很快引起了志愿军司令部领导的重视。

起初，个别领导认为，邱少云不过是战时特殊死亡，算不上英雄，三等功就可以了。但更多的同志认为他严守纪律，为了整体牺牲自我的精神难能可贵。

后来，意见终于统一了，少数服从多数。

1952年11月16日，中国人民志愿军领导机关追授邱少云为特等功臣。

同年底，一位名叫郑大藩的随军记者就邱少云的死提出了两个问题：

一是燃烧弹落在什么地方？是打中头部死亡还是一点一点烧死的？二是他身边有无水沟？谁看见了邱少云牺牲的全过程？

邱少云的战友李元兴回忆说："燃烧弹打在邱少云前方两米左右，燃烧液溅到了他的身上，是一寸一寸烧过来的，从头烧到脚，当时我伏在他身后5米左右，亲眼见到大火一点一点把邱少云活活烧死。"

李元兴和其他战友还证明，邱少云右面3米处有一条小水沟，如果邱少云愿意，只需侧向滚即可活命。

面对这些证明材料和见证人的描述，记者郑大藩感动了，他含着眼泪奋笔疾书。

1953年5月18日，《人民日报》用整版篇幅发表了他那篇著名长篇通讯《伟大的战士邱少云》。此文一出，随即在国内外引起强烈的反响。

1953年6月10日，中国人民志愿军领导机关再次授予邱少云"一级战斗英雄"称号，并追认他为中国共产党党员，还授予他"模范共青团员"的称号。

杨连第

抗美援朝战争中，当年有一条这样的口号："千条万条，运输第一条"。美军发言人在"绞杀战"失败后不得不宣称："坦率地说，我认为他们是世界上最顽强的修筑铁路的人"。杨连第入伍前经历过不少磨难，背上还留有工头皮鞭抽打的伤痕。对旧社会的黑暗和残酷剥削有着深仇大恨，对共产党的领导有着朴素的阶级感情。在人民军队这所大学校，他的思想觉悟得到了升华。他作为当时难得的技术骨干，发扬忘我的拼命精神，在后勤运输战线上创造出了奇迹。在抗美援朝战争中，如同彭德怀所说："如果这次打胜了，全体指战员的功劳算一半，后勤算一半。"

当时，运输线上斗争的激烈程度丝毫不亚于前线作战。铁道兵部队几乎夜夜都要进行抢修。寒冬腊月

烈士杨连第之墓

里，战士们往往要跳到冰河里摸黑施工，其紧张与艰苦常人难以想象。在美军的"绞杀战"中，铁路上有些地段平均每两米即会中弹一枚。然而，志愿军有无数像杨连第这样的英雄，不怕流血牺牲，还群策群力创造出一整套抢运、抢修的办法，终于建成一条打不烂、炸不断的运输线。

为了工作杨连第常常置生死于度外，有一次掉到洪水中，竟舍不得扔掉手中的铁钳，修复清川江大桥时，特大洪水冲毁了清川江所有便桥，江心的桥墩被滔滔洪水包围。为了搭一座通往江心桥墩的施工浮桥，杨连第带领大家连续干了七天七夜，几次搭好的桥都被洪水冲毁。杨连第凭着丰富的经验提出搭钢轨桥，并冒着危险在最前面绑钢轨。由于极度疲劳,他在转身接钢轨时两手扑空,掉进江心的洪水中,幸亏战友们及时把他从下游救上岸。这时人们才发现,差点被淹死的杨连第,竟然还牢牢握着沉重的钳子。他回答说:"扔了钳子还怎么工作啊?"

1953年5月,杨连第在抢修清川江大桥时光荣牺牲。中国人民志愿军领导机关为他追记特等功,中国铁道部将八号桥命名为"杨连第桥",并在该桥西北侧建立了杨连第纪念碑。碑高14.5米,碑身上窄下宽,正面为梯形,碑面上铭刻"杨连第烈士纪念碑"几个红色大字。碑面朝着铁道,以便过往旅客瞻仰。

员宝山

1951年9月7日,朝鲜战场的中马山战斗打响了。第四十二军一二五师三七五团九连19岁的卫生员员宝山,正和救急组的战友们在阵地上紧张地抢救伤员。炮弹掀起的砂石、土块不停地打击着他们。突然,员宝山被子弹击中,鲜血顿时染红了地上的泥土。但是这位坚强的战士,并没有倒下去。他此刻告诫自己:"在战场上处处都有流血,时时都有伤员。自己身为卫生员,在任何情况下,都不能离开战场。"于是他忍着巨大的疼痛,一瘸一拐地连续抢救了两名伤员。战争在血与火、生与死的搏斗中紧张地延续着，敌人机枪扫射得更猛烈了。在抢救伤员的过程中，员宝山的腹部受了重伤，肠子也被打了出来。就在倒地之时，他透过火光，看到前方不远的地方二班长也受了伤，正在痛苦地挣扎着。于是他毅然将肠子从地上抓起来，又塞进肚子里，一只手捂着肚子，一只手拿着急救水壶，忍着巨大的痛苦艰难地、一点点地向前爬行。他每前进一步都呼呼地喘着大气。当他爬到二班长身边时，几乎疼得昏死过去，冷汗和血早已打湿了他的军衣。他忍着剧痛，从脖子上取下军用水壶，这才发现水壶不知何时已被打穿了几个窟窿，救急水差不多都漏光了。他用颤抖的手艰难地将水递过去，对二班长说："你快喝下去。"当二班长看到员宝山手中的那个被鲜血染红的救急水壶和他流在外面沾满泥土的肠子时，二班长再也忍不住自己的泪水，用颤抖的声音说："宝山，我没事，你的肠子已被打出来了，你比我更需要它，快喝下去吧！"员宝山吃力地摇了摇头，又把水壶推给了二班长，然后他断断续续地说："二班长，我没事的！让我来给你包扎伤口吧！"只见这位19岁的小卫生员把手中的绷带，颤颤巍巍地放在了二班长的伤口上，然后紧皱了一下眉头，就慢慢地闭上了眼睛……尽管二班长搂着员宝山拼命地晃动，大声地呼喊他的名字，可是这个年轻坚强的小战士再也没有醒来，只是面带着微笑，静静地躺在二班长的怀里……

战后，志愿军领导机关为员宝山记特等功，授予"一级战斗英雄"称号，并获朝鲜民主主义人民共和国一级战士荣誉勋章。

赵宝桐

赵宝桐，辽宁省抚顺市人，1945年8月参加中国人民解放军，1948年7月加入中国共产党。解放战争时期，参加过辽沈战役、解放抚顺及武汉三镇等战役战斗。1949年人第四航空学校学习，是新中国第一批飞行员。

1951年10月20日，已是副大队长的赵宝桐和空三师的战友们驾驶50架米格-15歼击机抵达安东前线机场，担任掩护泰川一带新建机场和平壤至安东一线交通运输的任务。空三师首先根据敌我双方的情况，制定了实战锻炼计划，请空四师和人民军的同志介绍美机的活动规律和特点，学习空中作战经验。随后由人民军空军带领，以大队和团编队的形式熟悉战区，训练战法。可战情紧急，仅仅半个月后，赵宝桐就参加了第一次空战。

11月4日上午10时，我空军地面雷达报告：敌机

6批共128架，进犯我清川江、定州、博川等地区。地面指挥所命令七团升空迎敌。副团长孟琏率22架战鹰，在人民军空军的掩护下跃入天空。地面指挥员及时通报着情况："价川上空约5 500米高度，F-84、F-80飞机20架"。

初次参战的赵宝桐，此刻既紧张又兴奋。从飞机上望下去，可以清楚地看到地面上清澈的清川江和被敌人炸毁的城镇和村庄。飞至朔州上空后，在师指挥所的引导下，飞机进入战斗队形，搜索前进。赵宝桐所在的大队在高空担任掩护。此时，敌机已窜至价川上空，孟琏见敌情改变，令转向东南方向前进。可三大队却没有听到副团长左转弯的命令，在大队长牟敦康的率领下继续向南飞去。不久就到了顺川的上空。

"注意，前面有敌机！"赵宝桐从耳机里听到大队长的声音。只见大约6公里外有10余架F-84战斗轰炸机，高度4 000米，分为上下两层，正在向南飞行。牟敦康命令各机投下副油箱，加大速度爬高向敌机飞去。敌机近在眼前，共有24架。牟敦康迅速下令："二中队掩护，一中队攻击！"并率先冲向敌机，赵宝桐和僚机紧随长机组跟了上去。

敌机被志愿军的飞机打了个措手不及，一下子四散逃离。而赵宝桐因冲得太猛，一下子掉进了20多架敌机的中间。几架敌机马上围拢过来，都把机头对准了他的飞机。赵宝桐毫不迟疑，猛地一拉操纵杆，飞机像离弦的箭，向斜上方冲去，机身旁闪进道道弹光。等他回过头来，看到4架敌机正在左转弯，露出一个空档，就一个半滚冲了过去，顺势咬住一架敌机紧追不放。敌机左转，他也左转，双方在几千米的高空展开了追逐战。终于，赵宝桐把敌机慢慢地套入瞄准具的光环，此时4架敌机也从尾后向赵宝桐包抄过来，机头也对准了他的飞机。

但机警的赵宝桐先敌开炮，三炮齐发，随即一个跃升，敌机的机枪已同时打来。紧擦着赵宝桐的机尾飞过去。赵宝桐加大飞行速度，突然飞机失速进入螺旋，像一片落叶，旋转着快速坠向地面。但赵宝桐保持镇静，终于在300米高度改出螺旋，飞机又向高空冲去。而被他打下的那架敌机已扎进江湾的泥滩里。

此时，敌机在志愿军空军的打击下，掉头向西南方向飞去。"想逃，没那么容易！"赵宝桐盯住一架敌机跟了上去，500米、400米、300米，他稳稳地将敌机套住，按下炮钮，"咚！咚！咚！"炮弹正中敌机机翼。敌机冒着浓烟向地面栽去，摔在小山坡上，爆炸了！

首次空战，赵宝桐就取得了骄人的战绩：2：0！

但毕竟是同性能较差的F-84的较量，真正的考验才刚刚开始。11月底，美空军第五十一战斗截击联队完成了F-86E的改装，美军在朝鲜战场的F-86"佩刀"式飞机增至两个联队120余架，并担当美混合机群的空战主力，美军以它为后盾，进一步加大了轰炸强度和密度。空战规模日益扩大。

12月2日，志愿军空军第一次参加了敌我双方多达300架飞机的大空战，赵宝桐遇上真正的对手——F-86。下午2时33分，美机8批120余架飞机向泰川、博川、顺川等地飞来，准备对我交通线予以重点轰炸。志愿军空三师首次全师出动，配合人民军空军4个飞行团的兵力，升空迎敌。当空三师飞至顺川、清川江口上空时，与美军20架F-86"佩刀"式战斗机迎面相遇，双方在空中展开厮杀。赵宝桐毫不畏惧，上下冲杀，接连击落两架"佩刀"，成为空三师击落"佩刀"战斗机的第一人。

在抗美援朝空战中，赵宝桐共击落美机7架、击伤2架，创造了志愿军空军击落击伤敌机的最高纪录。1952年，赵宝桐被授予"一级战斗英雄"荣誉称号，两次荣立特等功，成为中国空军历史上的"空战之王"。

部分一级模范的故事

罗盛教

罗盛教，湖南省新化县相子村人，1931年生在一个贫苦农民的家里，1949年参加中国人民解放军，1950年加入中国新民主主义青年团，1951年参加了中国人民志愿军，任志愿军四十七军第一四一侦察队文书。他高举起抗美援朝、保家卫国的旗帜，昂首挺胸踏上了朝鲜的土地，一直向南急行军，迎接战火的洗礼。当年，他参加了阵地防御作战。

1952年1月，朝鲜平安南道成川郡石田里风雪弥漫，气温降到零下20摄氏度以下。2日，一位朝鲜少年崔莹在栎沼河上滑冰，不慎摔倒，压破冰层，掉进2.7米深的冰窟窿里，一瞬间就没了顶。刚刚投弹训练归来的罗盛教见此情景，像接到战斗命令，毫不犹豫地冲上去。他边跑边脱掉棉衣，纵身跳进冰洞，潜入水底寻人。在刺骨的冰水中，罗盛教一连两次沉入水底，摸到崔莹，几次用力把他托出水面，只因冰洞四周的冰层太薄，崔莹无法爬上去，又塌进冰水中。罗盛教第三次潜入水底摸住崔莹，双脚蹬着河底的碎石，使出最后一点力气，用头将崔莹顶出水面，战友赶来协助救出。崔莹得救了，罗盛教却被冲到远处的冰层下，再也没有出来。

在1952年2月3日，中国人民志愿军领导机关为表彰罗盛教伟大的国际主义和革命英雄主义精神，为他追记特等功，并追授一级爱民模范称号。同年4月1日，中国新民主主义青年团中央委员会追授他模范青年团员称号。1953年6月25日，朝鲜民主主义人民共和国最高人民会议常任委员会追授他一级国旗勋章和一级战士荣誉勋章，并将其献身的栎沼河改名为罗盛教河，崔莹的家乡石田里改名为罗盛教村，安葬他的佛体洞山改名为罗盛教山，并在山上建立了罗盛教纪念亭和罗盛教纪念碑，碑上镌刻着朝鲜民主主义人民共和国主席金日成的题词：罗盛教烈士的国际主义精神与朝鲜人民永远共存。可在罗盛教成为家喻户晓的英雄典型的背后，还有一段鲜为人知的故事。

那是1952年的新年伊始，正值朝鲜半岛冰天雪地的时节。与自然气候相仿的是，朝鲜战争也进入了十分艰苦的相持阶段。中国人民志愿军第十九兵团第四十七军一四一师与兄弟部队经过英勇作战，刚刚粉碎了以美国为首的"联合国军"的"秋季攻势"，部队奉命撤至成川郡及其附近地域进行休整。时任一四一师师长的叶健民（后来曾任原广州军区副司令员，1955年被授予少将军衔），与师里其他领导分别下到各团，指导部队对前一阶段的作战进行总结。

作为一师之长，叶健民在团里"蹲点"期间，要经常返回师机关处理一些急需办的工作。这天，他乘坐吉普车刚从团里赶回位于平安南郡石田里的师部驻地，透过车窗，他看到师部门口里三层外三层围了许多朝鲜老百姓，他们的面部表情既激动又悲痛。

"出了什么事？"叶师长问随行的参谋人员。

参谋人员摇摇头。

叶师长叫车子停下，让参谋人员下车打听一下。一会儿参谋人员回来报告说，师侦察连有个叫罗盛教的战士，为救一个名叫崔莹的朝鲜少年牺牲了。今天这些朝鲜老百姓自发地来到部队，是请求部队用朝鲜

运输队为志愿军运送物资

抗美援朝　保家卫国
——志愿军的战斗故事

人民的风俗习惯安葬这位舍己救人的年轻战士的。

叶健民想起，几天前曾看到过师里印发的一份事故通报，里面提到了一位名叫罗盛教的战士发生淹亡事故的经过。在战争条件下，各种事故很难避免，加上当时还有许多重要工作，这个"普通的淹亡事故"并没有引起过多的注意。但是，从今天朝鲜老百姓自发前来师部请愿的情况来看，师长叶健民感到这可能并不是一起普通的淹亡事故，否则不会在朝鲜群众当中引起这样强烈的反响，他立即嘱咐部下详细了解一下情况后再向他报告。

不多时，了解情况的参谋人员回来向叶健民报告说，这些朝鲜老百姓一致要求为罗盛教请功。其中有一位55岁的名叫元善女的大娘，主动献出了自己的墓地。老人说："这块墓地原本是给我自己准备的，现在我要让给罗同志，罗同志与我的儿子没有什么区别……"还有一位胡须花白的朝鲜老大爷流着泪对部队的同志说："罗同志是为救我们的孩子牺牲的，请志愿军把他的遗体交给我们，我们要按照朝鲜最隆重的葬礼安葬他！"

听到这些情况，叶健民师长立即让人找来师宣传科长和直工科长。叶健民问："你们是否知道罗盛教究竟是怎样牺牲的？"

直工科长回答："知道这件事，他是掉进冰河里溺水而亡的。我们已经按照惯例把罗盛教作为非战斗减员上报军里了，并且按淹亡事故向各团作了通报。现在还没接到什么情况反映……"

按理说，师里向上向下的通报已经发出，如果再作什么改变，势必对本师造成不利的影响。但作为一名抗战时期投身革命的老军人，多年的战场经历使叶健民养成了实事求是、毫不含糊的工作作风。他感到作为师长，自己有责任和义务把这件事弄个水落石出，即使是弄错了，也要有勇气坚决纠正过来。

叶健民后来才知道，师直工科和宣传科在处理罗盛教事件的时候，主要是依据下级的电话报告给事故定的性。对此，叶健民当然是不满意的。他对两位科长语重心长地说："机关干部办事情不能光听汇报、看报告，一定要有深入细致的工作作风。这样才能不辜负广大官兵对我们的希望啊！"第二天，叶健民专门带着两位科长冒着零下20多度的严寒，驱车来到罗盛教救人的现场——石田里泥栋河边进行实地察看。

被救的朝鲜少年崔莹的母亲听说罗盛教的师长来了，连忙带着小崔莹赶到出事地点。一见面，母子俩就跪地向叶师长深深地施礼，而后又用朝鲜语夹杂着汉语，声泪俱下地讲述了罗盛教舍身救人的详细经过：1952年1月2日早晨，第一四一师侦察连文书罗盛教来到冰河上练习投弹。这时，突然传来少年的呼救声，正在冰面上滑冰的朝鲜少年崔莹压碎了冰块，失足掉进了2.7米深的冰窟窿中。与崔莹一同滑冰的3个朝鲜少年一时手足无措，急得大哭起来。

听到哭喊声，罗盛教立刻赶了过来，虽然他听不懂朝鲜语，但当他看到了3个朝鲜少年的手势和破裂的冰面时，明白了一切。他一边奔向冰窟，一边脱下棉衣，然后纵身跳进了冰冷彻骨的河水中。不谙水性的罗盛教在水中摸索着，当他抓到了小崔莹后，立即将他托向水面。由于冰窟边缘的冰面太薄，承受不了崔莹的体重，崔莹又落入水中。

一次、两次、三次，小崔莹三次被托上冰面，又三次落入水中。这时，罗盛教的体力已消耗殆尽，四肢变得麻木而僵硬。但他仍然以极大的毅力再次潜入水下，用尽最后的力气用头将孩子顶出水面。

此时，闻声赶来的侦察连理发员宋志云拖过来一根电线杆，小崔莹抱住了电线杆被拖上了冰面。但当宋志云返身准备再救罗盛教时，发现精疲力竭的罗盛教已经被水流冲入了厚厚的冰层之下……中国人民的好儿子罗盛教，为了挽救一个素不相识的朝鲜少年的生命，献出了自己年仅20岁的青春年华。

听完崔莹母亲的介绍，叶健民的心情十分激动。

他身不由己地走近烈士献身的地方，俯下身来。叶健民看到，小崔莹落水和被托出水面的那个冰窟还没有完全封冻，从冰窟边缘犬牙般的形状来看，小崔莹是在数次被托上冰面又数次落水的情况下被救上来的。而在零下20多度的气温下，人在水中所能坚持的极限时间顶多只有三五分钟，超过这个时间，人的四肢将变得生硬僵直，从而丧失自救能力。如此看来，罗盛教完全是为了救人而光荣牺牲的，而并不是通报所说的"淹亡事故"。当时在场的宋志云和3个朝鲜少年所提供的情况，也充分证明了叶健民的推断。

叶健民离开时，小崔莹的母亲眼含热泪地恳求道："元善女大娘已献出了自己的墓地，我们要用朝鲜人民的葬礼，隆重地安葬救命恩人罗同志，让他永远和我们在一起吧!"十里八乡的朝鲜老乡也赶来了，他们都用不同的方式表达着对罗盛教这名普通中国士兵的赞扬和敬佩之情，一致要求为他举行隆重的葬礼。

现场的勘察和朝鲜群众的强烈要求，完全改变了叶健民对这一事件的看法，他为有这样的好战士而感到骄傲和自豪。同时叶健民也意识到，自己有责任纠正这一事件的结论，以使更多的人了解英雄、记住英雄、学习英雄。

回到师部，叶健民立即将调查了解到的情况告诉

抗美援朝 保家卫国
——志愿军的战斗故事

了时任师政委的彭清云同志。两个人经过商量，决定在重新向上级报告关于罗盛教这个正面典型的同时，在全师官兵中开展一次国际主义、共产主义教育，激发全体官兵高昂的士气和勇于为正义献身的精神。决定得到了其他几位师党委委员的一致赞同。

当天夜里，一份由师长叶健民、政委彭清云签名的有关罗盛教舍己救人的报告材料拟写完毕。与先前不同的是，"事故通报"变成了请功报告。

第二天，师党委召集了全师司、政、后机关各主管部门负责同志和各团营以上干部会议。会上，先由政委彭清云宣读了师机关对罗盛教救人事件的调查结果，并表明了师党委对罗盛教救人事件的鲜明态度，认定它是一个国际主义的英雄壮举。接着师长叶健民代表师党委，宣布了关于在全师官兵中开展向罗盛教烈士学习的三项决定：

一、罗盛教的牺牲，与战场上的英雄一样，是我志愿军抗美援朝、保家卫国、打击美帝国主义侵略、履行国际主义义务的壮举。他舍身救朝鲜少年，正是显示了我志愿军崇高的国际主义精神。

二、崔莹全家和石田里村民用朝鲜人民隆重的葬礼安葬罗盛教的请求和元善女大娘捐墓地的行动，是朝鲜人民热爱志愿军，体现革命人道主义和国际主义精神的行动，我们要感谢和支持，并参加朝鲜人民为罗盛教烈士举行的葬礼。全师举行一次隆重的追悼大会，表彰罗盛教的英雄事迹，颂扬朝鲜人民对志愿军的拥护与爱戴。

三、师党委决定撤销事故通报，由师政治部整理罗盛教生平英雄事迹印发连队，在全师掀起学习罗盛教，热爱朝鲜人民，热爱朝鲜一草一木，珍惜中朝两国人民的友谊，发扬国际主义精神活动的热潮，争取在抗美援朝，保家卫国的战斗中创建功勋。

尽管当时战火纷飞，各种条件都非常艰苦，部队整训工作也十分紧张，师党委还是决定用最高的礼仪和规格，为罗盛教举行最隆重的追悼安葬仪式。

抗美援朝　保家卫国
——志愿军的战斗故事

经过充分准备，罗盛教追悼大会在一四一师驻地石田里隆重举行，2 000多名部队官兵和数百名当地的朝鲜群众参加了追悼大会。在哀乐声中，人们向英雄默哀三分钟。尔后，师炮兵鸣炮21响，向中朝两国人民的优秀儿子、国际主义战士罗盛教致哀、致敬。

最后，按照朝鲜人民的礼仪，英雄的遗体被安葬在平安南道成川郡石田里的一座小山坡上，人们在英雄的墓地周围还种下了象征万古不朽的松树。

会后，师政治部组织人员对罗盛教生前事迹进行了认真总结，发现在这个普普通通的士兵身上，竟有许许多多的闪光点，一个差点被埋没的英雄形象变得清晰起来。这份几千字的总结材料被逐级上报到军部、十九兵团部和志愿军总部。在材料的后面，还附有一份第一四一师党委为罗盛教烈士请功的报告。

第一四一师上报的关于罗盛教的事迹材料，引起了第十九兵团和志愿军总部首长的高度重视。1952年2月，中国人民志愿军总部颁布命令，为罗盛教烈士追记特等功，并授予他"一级爱民模范"光荣称号。共青团中央追认罗盛教烈士为"模范青年团员"的荣誉称号。罗盛教这个名字，很快就在广大志愿军官兵和祖国大地上传开了，国内各行各业也掀起了向英雄学习的热潮。罗盛教这位年仅20岁的志愿军战士，在很短的时间里成为全国妇孺皆知的英雄。

　　朝鲜方面对罗盛教的事迹，也给予了极大的重视。朝鲜劳动党主席金日成了解此事后十分感动，他亲笔为罗盛教烈士纪念碑题词："罗盛教烈士的国际主义精神与朝鲜人民永远共存。"1953年6月，朝鲜民主主义人民共和国和最高人民会议常务委员会，分别授予罗盛教烈士"一级国旗勋章"和"一级战士荣誉勋章"。这是中国人民志愿军入朝参战后所获得的朝鲜方面授予的最高荣誉。

尾　　声

　　这些英雄谱所记录的英雄，其中有很多人的生平和事迹都没有详细的资料，可他们身上所体现出的抗美援朝精神却是中共建党、创军、立国的宗旨相一致的一种革命精神，它既是马克思主义与中华传统文化相融合的创新，也成为毛泽东思想的组成部分，更是人民军队的革命本色和独有的品格，是值得发扬光大的民族之魂。

中华魂·百部爱国故事丛书
提　要

《誓与禁烟相始终——民族英雄林则徐》

林则徐严禁鸦片，坚决抵抗西方列强的侵略，坚持维护国家主权和民族利益。他是中国近代历史上第一位睁眼看世界的人，是抗击帝国主义殖民侵略的第一人，是中华民族抵御外侮过程中伟大的民族英雄。

《血洒虎门御敌寇——抗英将军关天培》

民族英雄关天培，在第一次鸦片战争中为了抗击英国侵略者的入侵而血洒虎门，为国捐躯，谱写了一曲可歌可泣的英雄赞歌。关天培用他的生命，书写了中国人民反抗外侮的历史。

《威震镇海靖节魂——抗敌英雄裕谦》

在第一次鸦片战争期间的众多牺牲者中，有一位官阶最高，他就是两江总督裕谦。裕谦与外国侵略者斗争立场坚定，与国内妥协派、投降派斗争态度坚决。裕谦督战镇海，与英国侵略军浴血奋战，临危不惧，以身报国，浩气长存。

《斩邪留正解民悬——太平天国领袖洪秀全》

农民出身的洪秀全，从失意文人到起义领袖，经历了长期的思想演变过程，在外敌入侵、清朝政府腐朽的历史环境之下，顺应时代的潮流，成长为一位非凡的历史英雄人物，建立了与清朝政府相抗衡的农民政权——太平天国。

《仰承汉唐　荟萃中外——近代数学家李善兰》

李善兰是我国19世纪重要的科学家之一，在数学、天文学、力学等方面都有重大建树。他继承了我国古代数学的成就，又以极大的热情传播西方科学文化，"仰承汉唐，荟萃中外"，把自己的一生献给了科学事业。

《严谨治学　勇于探索——近代著名数学家华蘅芳》

华蘅芳，中国近代数学家之一。其精通中国古算学，并熟练掌握西方近代数学，是中国验证抛物线并著书立说的参与者。为了证明"外国有的，中国也能造"而鞠躬尽瘁，在引进西方科学技术、传播科学知识上贡献卓著。

《折冲樽俎护山河——近代著名外交家曾纪泽》

曾纪泽是中国近代史上著名的爱国外交家，在中俄伊犁交涉事件中，他秉承抵抗列强、保卫国家的坚定意志，利用外交手段全力同沙俄抗争，捍卫了国家主权、民族尊严，收回了祖国的领土，在近代中国外交史上留下了光辉的一页。

《甲午海战留英名——民族英雄邓世昌》

邓世昌，北洋水师名将。本书以邓世昌的成长过程为线索，以代表性的历史故事为主要内容，还原真实的历史事件，突出鲜明的人物性格。邓世昌因在中日甲午海战中突出的英雄气概而名垂史册，书写了伟大的爱国主义篇章。

《誓与舰队共存亡——北洋水师提督丁汝昌》

丁汝昌处在清朝政府的腐朽和李鸿章的专断下，难以施展爱国的抱负，壮志未酬，愤恨而终。但丁汝昌为建立近代海军作出的巨大贡献，带领北洋舰队爱国官兵勇抗强敌的英雄事迹，将永远为后代所传颂。

《镇南关上凯歌扬——抗法老英雄冯子材》

1885年中法战争中，年逾古稀的冯子材为抵御外国侵略，勇赴国难，大败法军于镇南关，并乘胜追击，接连收复文渊、谅山等地，从根本上扭转了中法战争的局面，成为近代民族英雄的杰出代表。

《屡败法军逞英豪——黑旗军将领刘永福》

刘永福是黑旗军的创建者，是农民出身的杰出军事家、政治活动家。在19世纪发生的援越抗法、中法战争中，他率部与帝国主义侵略者进行了殊死的战斗，建立了卓越的功勋，成为我国近代史上著名的民族英雄，为后世所景仰。

《矢志变法强国家——戊戌变法领袖康有为》

康有为是清末民初最有影响力的思想家之一。他领导了中国知识界的启蒙运动，掀起了一场自上而下的政体改革。他最早在中国提出了立宪政体和具体的宪政方案，主张在坚持儒家传统和帝制的前提下，学习西方经验，他的进步思想对近代中国具有深远的影响。

《开民智以报国　普新知而图强——戊戌变法思想家梁启超》

梁启超，中国近代史上著名的政治活动家、启蒙思想家、史学家、文学家，戊戌变法领袖之一。本书以百日维新思想家梁启超的成长过程为线索，以代表性的历史故事为主要内容，还原真实的历史事件，突出鲜明的人物性格。

《我自横刀向天笑——维新志士谭嗣同》

谭嗣同在民族危机的严重时刻，投身改革救中国的洪流。为了带给祖国一个光明的未来，紧要关头，他挺身而出，用自己的鲜血激励后人，把宝贵的生命献给了变法事业。

《睡乡敢遣警世钟——用生命警策国人的陈天华》

陈天华是民主革命的活动家和宣传家。他写的《猛回头》《警世钟》等书，起到了革命启蒙的重大作用。为了激发留日学生的爱国情怀，他不惜投海自杀，演出了近代史上感人至深的一幕，给后人留下了难忘的印象。

《革命军中马前卒——民主斗士邹容》

革命乃"至尊极高，独一无二，伟大绝伦之一目的"；它是"天演之公例，世界之公理，顺乎天而应乎人"的伟大行动。因此，必须"仗义群兴革命军"。他激情高呼："革命独子万岁！中华共和国万岁！"这就是《革命军》的作者，中国近代著名资产阶级革命宣传家邹容。

《休言女子非英物——鉴湖女侠秋瑾》

为民族解放和妇女解放而英勇斗争的秋瑾，冲破封建礼教的思想牢笼，打碎封建精神枷锁，崇仰真理，追求光明，主张共和，坚持男女平等，最终献出了自己年轻的生命。

《血溅校场　杀身成仁——民主斗士徐锡麟》

本书讲述了反清志士徐锡麟弃文从武、投身反清革命事业，最终被清政府杀害的故事。出于对国家的热爱，徐锡麟献出自己的生命，他的事迹将永远激励后人深切缅怀这位民主革命的先驱。

《生可死耳　我志长存——献身民主的禹之谟》

禹之谟，民主革命党人，同盟会会员，近代资产阶级革命家、实业家。1886年，20岁的禹之谟"提三尺剑，挟一卷书"游历四方，研究西方社会政治学说，忧国忧民之心日趋强烈。戊戌变法失败，他丢掉改良幻想，倡革命救亡之说，走上民主革命道路。

《物竞天择　适者生存——资产阶级启蒙思想家严复》

严复是中国近代著名的启蒙思想家、翻译家和教育家。他长期从事教育和翻译事业，为近代中国人才培养和思想启蒙做出了重要贡献，同时他也为中国的翻译事业和中西思想文化交流做出了重要贡献。

《辛亥革命急先锋——资产阶级革命家黄兴》

黄兴，清末民初资产阶级革命家，中华民国开国元勋。黄兴在武昌首义及辛亥革命时期的爱国表现，与孙中山闻名于当时，常被时人以"孙黄"并称。本书以资产阶级革命活动实干家黄兴的成长过程为线索，歌颂了先辈伟大的爱国主义精神。

《矢志革命　百折不回——近代民主革命家廖仲恺》

廖仲恺追随孙中山踏上了创立民国与捍卫共和制的旧民主主义革命

之路；在新民主主义革命时期，他为建立、巩固首次国共合作和实施三大政策，英勇奋斗，为国殉职，洒尽了一腔热血。

《将军拔剑南天起——护国英雄蔡锷》

蔡锷是中国近代史上的杰出军事家、爱国者。他的一生短暂而伟大。辛亥革命爆发，他毅然投身于革命洪流之中，领导云南重九起义，对武昌起义积极响应。袁世凯窃国复辟、恢复帝制的阴谋暴露出来以后，他又毅然举起了武装讨袁的旗帜。

《反帝反封建运动——五四青年的爱国故事》

五四运动是一次伟大的反帝反封建的爱国运动；是一个伟大的历史转折点；是中国人民的斗争从挫折走向胜利的一个关节点，它为中国的前进开辟了一条全新的道路，拉开了中国新民主主义革命的序幕。

《思想自由 兼容并包——著名教育家蔡元培》

蔡元培是中国近现代著名的民主革命家和教育家，一生经历风雨，却始终信守爱国和民主的政治理念，致力于废除封建主义的教育制度，奠定了我国新式教育制度的基础，为我国教育、文化、科学事业的发展做出了富有开创性的贡献。

《为国家争光 为民族争气——中国铁路之父詹天佑》

詹天佑是我国最早的杰出铁道工程师，因主持建造京张铁路而闻名中外，被誉为"中国铁路之父"。他为祖国的铁路事业贡献了毕生的精力。本书向读者展示了詹天佑热爱祖国、科技兴国的辉煌人生。

《实业救国 衣被天下——轻工之父张謇》

张謇是爱国实业家、教育家。他年轻时中过状元。过了40岁，开始投身工商实业活动中，他的名言是"富民强国之本在于工"。在南通，创办大生丝厂、银行等各种实业。并将创办实业的大部分所得投入教育。他的观点是，教育和实业一样，也是"富强之大本"。

《心向革命 追求光明——平民将军冯玉祥》

冯玉祥将军"是一位从旧军人转变而成的坚定的民主主义战士"。

抗日战争期间，他辗转各地，用实际行动积极抗战。日本战败投降后，他为了断绝美国的援蒋内战，又在美国四处演说，揭露蒋介石统治之黑暗，痛斥美国阴谋分裂中国的不良行为。

《刑场上的婚礼——革命烈士周文雍　陈铁军》

周文雍是广州起义的主要领导人之一。陈铁军出身于华侨商人家庭，却毅然投身革命洪流。1928年1月，两人接受派遣，回到广州假扮夫妻从事革命斗争，却不幸被捕。临刑前，两位烈士将敌人的枪声当作自己婚礼的礼炮，用生命和爱情谱写出一曲千古绝唱。

《星星之火　可以燎原——井冈山斗争的故事》

1927—1929年，毛泽东、朱德等老一辈革命家，在井冈山创建了农村革命根据地，进行了艰苦卓绝的斗争，建立了新型革命武装，点燃了工农武装革命之火，找到了农村包围城市最后夺取政权的中国革命的正确道路。

《新民学会的主要发起人——中国共产党早期革命家蔡和森》

蔡和森青年时期曾与毛泽东等人一起组织进步团体新民学会，参加五四运动，并在赴法国勤工俭学时研读大量马克思主义著作，回国后以满腔热忱投身革命事业，成为中国共产党早期重要的理论家和宣传家。

《威震黄浦江畔　高奏抗日壮歌——一·二八淞沪抗战》

面对日本侵略者的挑衅，十九路军在蒋光鼐、蔡廷锴的带领下，高举义旗，奋力一搏。一·二八淞沪抗战，是中国军人捍卫军人荣誉和祖国尊严所发出的吼声，谱写了一曲抗击日军侵略的英雄壮歌。

《将军恨不抗日死——慷慨就义的吉鸿昌》

在国难深重的20世纪30年代，吉鸿昌将军因拒绝执行国民党指示，坚决不打内战，被迫携眷出国"考察"。回国后，他加入中国共产党，组织了民众抗日同盟军，英勇打击日本侵略者，后于1934年11月被国民党反动派杀害。

《献身革命 甘于清贫——梅岭忠魂方志敏》

大革命失败后，方志敏凭着"两条半步枪"起家，身经百战，创建了赣东北革命根据地和红十军。本书真实记录了方志敏投身于革命、领导红军和敌人进行艰苦卓绝斗争的经历，歌颂了烈士贫贱不移、威武不屈、献身革命的高尚品质。

《奏响中华最强音——人民音乐家聂耳》

聂耳在他有限的生命中创作了数十首革命歌曲，在抗日救亡运动中，聂耳的这些歌曲产生了广泛深远的影响。他的音乐创作为中国无产阶级革命音乐的发展指明了方向，树立了榜样。

《横眉冷对千夫指——中国文化革命主将鲁迅》

鲁迅不但是伟大的文学家，而且是伟大的思想家和伟大的革命家。在那风雨如晦的黑暗年代里，他以笔为投枪，同一切帝国主义和反动派进行了顽强的战斗，为中国人民树立了一个不朽的丰碑。他是新文化战线上的一面光辉旗帜，是我们伟大民族的灵魂。

《铁流两万五千里——红军长征的故事》

红军长征是人类历史上的一次伟大的壮举。第五次反"围剿"失败后，中国工农红军的三大主力在极端艰难的条件下，突破国民党军队的围追堵截，进行了史无前例的战略大转移，总行程达两万五千里以上。途中发生了许多动人故事，至今令人难以忘怀。

《荣辱不移革命志——创建陕北红军的刘志丹》

刘志丹是杰出的无产阶级革命家、军事家，西北红军和西北革命根据地的主要创始人之一。他一生热爱人民，追求真理，英勇善战，百折不挠，艰苦奋斗，忠心赤胆，为创建红军和革命根据地、为中国人民的解放事业建立了不可磨灭的功勋。

《英名永存北平城——爱国将领佟麟阁 赵登禹》

1937年7月28日，日军向北平郊区发动进攻。第二十九军副军长佟麟阁奉命在南苑率部与日军苦战，腿部受伤，头部被敌机炸伤，壮烈殉国。第一三二师师长赵登禹指挥部队顽强抵抗日军，右臂中弹负伤，仍继续作战。后在转移途中遭日军截击而牺牲。

《八百壮士　四行仓库铸军魂——谢晋元和他的战友们》

八一三抗战，中国军人以血肉之躯揭开全面抗战的帷幕。这是一场血战，是中国军人不屈不挠的英雄诗篇，其中的八百壮士守四行，成为这首英雄颂歌中最动人、最凄美的音符。一曲四行保卫战，铸就了不屈的军魂。

《八女投江　气贯长虹——八位抗联女战士》

抗日战争时期，以冷云为首的东北抗日联军8名女战士，为捍卫民族尊严，面对凶残的日寇，镇定自若，宁死不屈，投江殉国，表现了中华民族同敌人血战到底的英雄气概。她们的光辉形象，激励着千千万万的后来人。

《艰苦抗战　威震敌胆——著名抗日英雄杨靖宇》

杨靖宇将军是我国著名的抗日民族英雄。曾先后担任磐石游击队政治委员、东北抗日联军第一军军长兼政委、抗日联军总司令等职。领导军民对日寇坚持了长达9个年头的艰苦卓绝的斗争，最终以身殉国。

《死也不当亡国奴——镜泊抗日英雄陈翰章》

陈翰章，从1932年8月投笔从戎，直到1940年12月8日为抗击日本侵略者，战死在镜泊湖畔。他在抗日疆场上奋战了九年，他那可歌可泣的英雄事迹将为人们永世传颂。

《名将殉国　气壮山河——抗日将军张自忠》

著名抗日将领、民族英雄张自忠，生于忧患的时代，抱有"宁为百夫长，胜作一书生"的志向，经历过失败与低谷，最终成就了慷慨人生。本书主要以人物活动为主，勾画出一个真正的"民族魂"鲜活的人生，会带给读者振奋的力量。

《宁死不辱战士名——狼牙山五壮士》

1941年日寇在河北易县"扫荡"。为掩护群众和主力部队撤退，五位八路军战士毅然把敌人引上了狼牙山棋盘坨峰顶绝路。弹尽粮绝、无路可退，五位英雄纵身跳下了万丈悬崖，用生命和鲜血谱写出一曲惊天地泣鬼神的壮举。

《太行浩气传千古——抗日名将左权》

左权，中国工农红军和八路军高级指挥员，著名军事家。是八路军在抗日战场上牺牲的最高指挥员。名将阵亡，太行山为之垂首，全党为之悲痛。周恩来称他"足以为党之模范"，朱德赞誉他是"中国军事界不可多得的人才"。

《虎将兴关外　抗倭统雄师——抗联英雄赵尚志》

本书描写了久经考验的共产党员、东北抗联的创建者和主要领导人赵尚志，在艰苦卓绝的条件下，坚持抗战，威震敌胆，战功卓著，忍辱负重，忠贞不屈，为国捐躯的英雄故事，为青少年读者呈上一部爱国主义的佳作。

《黄埔之英　民族之雄——抗日名将戴安澜》

抗日名将戴安澜，先后参加保定、漕河、台儿庄、武汉、昆仑关等战役，作战英勇，屡建奇功；入缅作战，"扬威国外，藉伸正义"；守东瓜，复棠吉；殒身缅北，遗恨丛林，马革裹尸，成就了光辉的一生。

《爱国志士　民主先锋——新闻出版家邹韬奋》

本书讲述了邹韬奋献身新闻出版事业的奋斗历程，展现了一位新闻工作者坚定的革命信念和炽热的爱国主义精神，全心全意为人民服务、为读者服务的奉献精神，歌颂了他的高尚情操和优良品质。

《为抗战发出怒吼——人民音乐家冼星海》

人民音乐家冼星海，青年时期在巴黎求学，饱尝屈辱与磨难；学成后毅然回到多灾多难的祖国，用满腔热忱谱写激昂的音乐，鼓舞中华儿女的斗志；奔赴延安，谱写出不朽的名作《黄河大合唱》，发出中华民族抗日救亡的怒吼。

《全民皆兵　抗击日寇——抗日战争的故事》

中国人民进行的十四年抗战，是一百多年来中国人民反对外敌入侵第一次取得完全胜利的民族解放战争。这场战争是以国共两党合作为基础，有社会各界、各族人民、各民主党派、抗日团体、社会各阶层爱国人士和海外侨胞广泛参加的全民族抗战。

《捧着一颗心来　不带半根草去——人民教育家陶行知》

陶行知是我国现代教育史上伟大的人民教育家、教育思想家。他从青年起就立志献身教育事业，以"捧着一颗心来，不带半根草去"的赤子之心，为人民的教育事业鞠躬尽瘁。

《为民主与和平拍案而起——民主斗士闻一多》

闻一多早年与梁实秋等人发起成立清华文学社。赴美留学期间由对祖国的深深眷恋而创作著名的《七子之歌》。后在西南联大任教8年，积极投身于抗日运动和争取民主的斗争，发表了著名的《最后一次讲演》。

《铁窗难锁钢铁心——革命先烈王若飞》

王若飞是我党早期杰出的无产阶级革命家。在艰苦卓绝的斗争中，他出生入死，屡建奇功，以超人的睿智和胆略，在敌人的监狱中，同敌人展开了殊死的较量，为抗战的胜利和新中国的诞生做出了卓越的贡献。

《横扫千军　还我河山——抗联名将李兆麟》

李兆麟是东北抗日联军创建人之一，他率领抗日联军历尽千难万险与日本侵略者浴血奋战，在极其艰苦的条件下，保存了抗日联军的有生力量，为东北光复做出了重大贡献。

《锄头开出新天地——解放区大生产运动》

为了解决困难，渡过难关，党中央号召党政军民齐动手，开展大生产运动。中国共产党在其控制区域内发动的一场军队屯田和鼓励生产的群众运动，达到了自己动手丰衣足食，共度难关，既进行革命又进行生产自足的目的。

《生的伟大　死的光荣——女英雄刘胡兰》

刘胡兰，坚贞不屈的少年女英雄。生前对我国劳动人民的解放事业无限忠诚，在敌人威胁面前，大义凛然，毫无惧色，英勇牺牲，表现了共产党员的高贵品质。

《饿死不领美国救济粮——爱国知识分子的楷模朱自清》

朱自清作为爱国知识分子的典型，以锐利的笔锋直言痛斥反动政府的暴行，体现了他崇高的爱国情怀和不畏恶势力的精神品格。毛泽东曾给朱自清先生以高度评价："一身重病，宁可饿死，不领美国的'救济粮'"，"表现了我们民族的英雄气概"。

《为了新中国前进——舍身炸碉堡的董存瑞》

伟大的英雄，中国人民的儿子董存瑞，从儿童团长成长为一名光荣的解放军战士，在1948年解放隆化县城时，舍身炸碉堡，为新中国献出了自己年轻的生命。他的英雄形象永远留在人民心里。

《宁死不屈的共产党员——革命烈士江竹筠》

江竹筠，就是著名的江姐。1947年春，她负责《挺进报》工作，只几个月的时间，报纸就发行到1600多份，引起了敌人的极大恐慌。由于叛徒出卖，江姐不幸被捕，惨遭毒刑的残酷折磨，仍坚贞不屈。最后被特务秘密枪杀，年仅29岁。

《抗美援朝　保家卫国——志愿军的战斗故事》

抗美援朝战争是中国人民志愿军为援助朝鲜人民、保卫祖国安全，与美国为首的"联合国军"发生的战争。在朝鲜牺牲的志愿军烈士们，他们英勇的战斗事迹、保家卫国的精神值得我们发扬光大。

《上甘岭上壮烈歌——黄继光和他的战友们》

在1952年10月的上甘岭战役中，黄继光和他的战友们在零号阵地半山腰被敌机枪火力点压制，此时，黄继光身上已经多处负伤，手雷也已全部用光。为了完成任务，减少战友的伤亡，他用自己的胸膛堵住正在扫射的敌机枪射孔，为反击部队扫清了前进的道路。

《诗书印画 全入神品——国画大师齐白石》

齐白石出身贫寒，做过农活，当过木匠，后改学雕花木工，从民间画工人手，摹古人真迹，学诗文书法，融汇古今，而诗、书、印、画俱佳；他将中国画的精神与时代的精神统一得完美无瑕，使中国画得到国际的重视，无愧于"国画大师"的称号。

《毕生为文化而奋斗——中国第一出版家张元济》

张元济参与、主持和督导商务印书馆近六十年，使其从简单的印刷企业转变为当时中国教育出版的旗帜。张元济一生爱书，在中华大地动荡不安的年代里，他用自己对文化的热爱，续存着中华民族灿烂悠久的文明之光。

《独树一帜 梨园大师——著名京剧表演艺术家梅兰芳》

梅兰芳，京剧大师，演唱风格独树一帜，世称"梅派"。曾先后赴日本、美国、苏联演出，并荣获美国波摩那学院和南加州大学的荣誉文学博士学位。作为一位爱国者，抗战期间蓄须明志，拒绝为日本人演出，为后世称颂。

《华侨旗帜 民族光辉——爱国侨领陈嘉庚》

陈嘉庚是著名的爱国华侨领袖、企业家、教育家、慈善家、社会活动家。他为辛亥革命、民族教育、抗日战争、解放战争、新中国的建设做出了卓越的贡献。生前被毛泽东誉为"华侨旗帜、民族光辉"。

《向雷锋同志学习——伟大的共产主义战士雷锋》

雷锋，一个平凡而伟大的共产主义战士，一心向着党，一生秉承着全心全意为人民服务、无私奉献的崇高思想；发扬刻苦学习和钻研理论的"钉子"精神；坚持勤俭节约、艰苦奋斗的优良作风。毛泽东为其题词："向雷锋同志学习。"

《人民的好公仆——县委书记的好榜样焦裕禄》

焦裕禄，被誉为县委书记的好榜样。他用自己的革命精神，展开了与大自然、与社会落后现象、与病魔的多重抗争，让我们领略到一

抗美援朝 保家卫国

个共产党人的生之伟大、死之壮美的人格品质和具有现实教育意义的精神魅力。

《文学巨匠　京味大师——人民作家老舍》

老舍是我国现代小说家、文学家、戏剧家。他用融入骨髓的真诚文字反映生活的喜怒哀乐。老舍的一生，总是在忘我地工作，他是文艺界当之无愧的"劳动模范"，生前被北京市人民政府授予"人民艺术家"的称号。

《革命老人——无产阶级教育家徐特立》

徐特立是一代伟人毛泽东的老师。他出生在贫苦家庭，大部分时间生活在动荡艰苦的年代；他刻苦勤奋，不畏艰辛，追求光明，一生勤俭，为革命培养了大量的人才；他对党和人民任劳任怨，鞠躬尽瘁。他坎坷奋斗的一生，留下了许多可歌可泣的故事。

《人生能有几回搏——新中国第一个世界冠军容国团》

容国团先后担任中国乒乓球队运动员、女队主教练。获得1959年男子单打世界冠军；1961年夺得男子团体世界冠军；作为中国女队主教练，1965年率女队第一次夺得女子团体世界冠军。他的"人生能有几回搏"的豪言，举国传诵。

《石油工人一声吼　地球也要抖三抖——铁人王进喜》

王进喜，新中国第一批石油钻探工人。他为祖国石油工业的发展和社会主义建设立下了不朽的功勋，在创造了巨大物质财富的同时，还给我们留下了宝贵的精神财富——铁人精神。他被评为"百年中国十大人物"，写入中华民族的光辉史册。

《做人民需要我做的事——著名地质学家李四光》

李四光是一位伟大的科学家，他一生从事地质学研究工作，足迹遍布祖国的山川，为祖国探明了许多地下宝藏；他创建了崭新的学说——地质力学；他历尽重重困难，为正确认识地质构造开辟了一条新路。

《中国化学工业的先驱——著名化学家侯德榜》

为摆脱纯碱需要进口的窘况，20世纪初，怀着"实业救国"梦想的中国化工先驱侯德榜等人创办了永利碱厂，并立志生产出中国人自己的碱。1926年，永利碱厂终于成功地生产出"红三角"牌纯碱，从此中国制碱业得以跨入世界先进行列。

《毕生求是　一丝不苟——著名科学家竺可桢》

著名科学家竺可桢献身科学研究；治学严谨，一丝不苟；一生廉洁，两袖清风；作风民主，爱护学生。他以爱国之心、报国之志，从一个民主主义者逐渐成长为一个共产主义战士。

《热爱自然的大地之子——著名植物学家蔡希陶》

蔡希陶，五十载风雨，五十载坎坷，五十载奋斗，五十载开拓，为了发现对人类生产、生活有用的植物及新物种的引进而做出巨大贡献，在中国的植物资源学史上将永远镌刻着他的名字。

《高洁无私的襟怀——知识分子的楷模蒋筑英》

蒋筑英是中国当代知识分子的先锋典范，他不为名，不为利，尊重科学；他以坚忍的毅力和顽强的作风，在科学的道路上呕心沥血，鞠躬尽瘁，无私地奉献了青春和生命。

《迎接新生命的天使——卓越的妇产科专家林巧稚》

林巧稚是国内外享有盛誉的妇产科专家。在五十多年的医学教育和临床实践中，林巧稚亲自接生了五万多婴儿，治愈了数千病人，培养了数以百计的专门人才，为我国的妇女儿童事业做出了不可磨灭的贡献。

《独自成千古　悠然寄一丘——国画大师张大千》

张大千是20世纪中国画坛最具传奇色彩的国画大师，无论是绘画、书法、篆刻、诗词无所不通。在艺术界深得敬仰和追捧，艺术家们用真挚的感情，用绘画和雕塑展现了"张大千"多彩的艺术形象。

《建造中国的通天塔——著名数学家华罗庚》

中国当代著名数学家华罗庚,为中国数学的发展做出了无与伦比的贡献,他是中国解析数论、典型群、矩阵几何等多方面研究的创始人与开拓者,也是我国最早将数学理论研究与生产实践紧密结合的科学家。

《问鼎长天 强我国威——两弹元勋邓稼先》

邓稼先是我国著名科学家,参加组织和领导我国核武器的研究、设计工作,从对原子弹、氢弹原理的突破和试验成功及其武器化,到新的核武器的重大原理突破和研制试验,作出了重大贡献。是我国核武器理论研究工作的奠基者之一,被誉为"两弹元勋"。

《敢叫天堑变通途——桥梁专家茅以升》

中国著名的桥梁专家茅以升从小立志为祖国建造桥梁,经过不懈努力,他不仅设计建造了一座座宏伟壮观、坚固实用的道路桥梁,而且搭建了一座座友谊之桥,为祖国建设作出了卓越贡献。

《蘑菇云之梦——核物理学家钱三强》

被誉为"中国原子弹之父"的核物理学家钱三强,更名后立志于科技报国;24岁投师于世界著名核物理学家居里夫妇;与夫人何泽慧合作,发现铀的"三分裂""四分裂"现象;统领我国的原子大军,做了大量创造性工作。

《两离桑梓地 满怀雪域情——领导干部的楷模孔繁森》

孔繁森,是一位一尘不染、两袖清风的好干部。两次进藏工作,历时十载,为西藏的建设、发展和稳定作出了突出的贡献。1994年11月,孔繁森不幸以身殉职。人民群众称他为新时期领导干部的楷模。

《摘取数学皇冠上的明珠——著名数学家陈景润》

陈景润是享誉世界的数学家,为了证明"哥德巴赫猜想",他以惊人的毅力在数学领域里艰苦跋涉,终于攻克了世界著名数学难题"哥德巴赫猜想"中的"1+2",创造了中国乃至世界数学史上的辉煌。

《学术独步　饮誉四海——享有国际威望的科学家卢嘉锡》

卢嘉锡是一位在国际科学界享有崇高威望的物理化学家、化学教育家和科技组织领导者。1945年，卢嘉锡满怀"科学救国"的热忱回到祖国，对中国原子簇化学的发展起了重要推动作用，他所指导的新技术晶体材料科学研究，也取得了重大成绩。

《德艺双馨　梨园楷模——著名豫剧表演艺术家常香玉》

常香玉1941年赴陕甘演出。1948年在西安创办香玉剧社。1951年为支援抗美援朝，率剧社巡回西北、中南、华南各地演出，以演出收入捐献"香玉剧社号"战斗机一架，素有"爱国艺人"之誉。

《文学大师　激流勇进——著名作家巴金》

本书以巴金生平和主要事迹为线索，回顾和展示现代著名作家巴金的一生，以期让人们看到巴金在这风云变幻的100多年中，有过成功的欢欣，有过屈辱的磨难，有过痛苦的忏悔，有过平静的安宁。巴金的人生，映照着一代中国五四知识分子坎坷而不平凡的命运。

《壮心系科学　孜孜为国昌——理论化学家唐敖庆》

本书讲述了唐敖庆从出国求学、学业有成、回国任教，到服从安排、艰苦工作、刻苦钻研，最终成为中国量子化学奠基者的过程。让人们看到了这位著名化学家的赤心爱国、严谨治学、大公无私的崇高品格和科研上的卓越成就。

《中国导弹之父——著名科学家钱学森》

当第一颗原子弹升空的时候，当中国的人造卫星奏响《东方红》的时候，当中国运载火箭腾空而起的时候，当中国研制的导弹准确命中目标的时候，人们都会想起他的名字：中国导弹之父钱学森。

《中国近代力学的奠基人——著名科学家钱伟长》

钱伟长曾以中文和历史两个100分的成绩考入清华大学。九一八事变后，钱伟长毅然放弃了文科的学习而转为理科。他是中国近代力学、应用数学的奠基人之一，在固体力学、流体力学以及航空航天领域，取得了卓越的成就，为新中国的现代化建设付出了毕生的精力。

《中国光学科学的奠基人——著名科学家王大珩》

王大珩是我国著名的科学家，中国光学科学的奠基人。他先在清华就读，后赴英国求学，学业有成，立志科学救国，其成就享誉神州。他以科学的求是精神和赤诚的爱国情怀，探索着中国光学发展的闪光之路。